불의 ------- 시학의 ------- 단편들

Fragments d'une Poétique du Feu

Fragments d'une Poétique du Feu

by Gaston Bachelard

Copyright ⓒ Presses Universitaires de France, 1988
Korean translation copyright ⓒ Munhakdongne Publishing Corp., 2004

This Korean translation is published by arrangement with
Presses Universitaires de France
through Sibylle Agency, Seoul.
All Rights Reserved.

국립중앙도서관 출판시도서목록(CIP)

불의 시학의 단편들 / 가스통 바슐라르 지음 ; 안보옥 옮김.
— 파주 : 문학동네, 2004
p. ;   cm
원서명 : Fragments d'une poétique un feu
원저자명: Bachelard, Gaston
ISBN 89-8281-800-6 03860 : ₩12000
166.8-KDC4
194-DDC21   CIP2004000514

불의 시학의 단편들

Fragments d'une Poétique du Feu

가스통 바슐라르
Gaston Bachelard

안보옥 옮김

문학동네

Le Feu ~~Sacré~~

Introduction

Quand il y a quelque vingt ans, par un accident de carrière, je commençai en marge de mon travail régulier de professeur de philosophie des sciences, à m'intéresser au problème de l'imagination littéraire, je croyais qu'un problème aussi étroitement délimité pouvait être traité sous aucun appareil philosophique. Je pensais que je devais étudier les images comme ~~s~~ ~~des idées~~ on étudie les idées scientifiques aussi objectivement que possible. Souvent me revenait ~~l'idée~~ que j'étais en botanique en promenade et qu'au hasard de mes lectures j'amassais les « fleurs poétiques ». Le nombre croissant des images cataloguées me donnait l'impression que j'étais impartial que je dominais toutes mes préférences, que je savais tout accueillir.

Mais après tant de labeur, maintenant que mon herbier des images s'étend sur près de deux mille pages, je voudrais oser tous mes livres à récrire. Il me semble

La Poétique du Feu

Introduction

« Nous t'affirmons, méthode!
nous n'oublions pas que tu
as glorifié hier chacun de
nos âges »

Rimbaud. Les Illuminations
matinées d'ivresse

I

Quand, il y a quelque vingt
ans — ~~un peu plus~~ ~~un peu~~ ~~de~~ de plus, car
où commencent les déviations
qui durent? — je commençai,
en marge de mon travail
régulier de professeur de philo-
sophie des sciences, à m'in-
téresser au problème des images
littéraires, je croyais qu'un
problème aussi étroitement li-
mité pouvait être traité en toute
simplicité, sans aucun appareil
philosophique. Je pensais que je
devais étudier les images comme
on étudie les idées scientifiques,
aussi objectivement que possible.
Je ne sentais pas combien c'était
paradoxal de prétendre étudier
« objectivement » les phénomènes
psychologiques de l'imagination.
Je suivais, sans réfléchir, les préten-
tions à l'objectivité, si habituelles
à qui s'efforce de se donner une
culture scientifique. en ~~~~ ~~~~
étudiant

1

Le feu et la destruction réunis [...]

Le philosophe court à l'absolu. Il
se méfie des images. Il n'a pas besoin
des images. Les idées lui suffisent.
Mais les idées abrègent tout. Il y
a des idées si rapides qu'elles esca-
motent les problèmes. Telle l'idée
de néant. Le philosophe l'applique à
tout, sans se rendre compte que
« l'application » de toute idée est la
seule mesure de sa réalité, de son
efficacité. Ainsi néant, vide, Rien,
Non se manient comme papier déchi-
ré. La négation est tout de suite opé-
rante. Elle permet au penseur une
volte-face dans le règne de ses idées.
Elle le fait autre à bon marché, sans
peine, sans responsabilité, en un trait
de plume. Le philosophe — ce roi sans
royaume — règne par sa négativité.

Mais détruire est autre labeur que
nier. On ne sait jamais si la besogne
est finie, si le monde garde la trace
de ce que nous avons détruit. Et suis-
on n'est jamais en paix avec soi-
même quand on a l'âme, d'un
destructeur. La destruction [...]
La ruine est en nous. Quelle conscience

la gloire d'être éphémère, psycho-
logiquement éphémère ~~que~~
~~psychiquement éphémère~~. Elle renou-
velle le langage en l'embellis-
sant. En lisant les poètes on ad-
hère à cet embellissement du lan-
gage faute d'avoir le bonheur
de le créer.

Il était alors pour nous, répé-
tons-le, de bonne méthode, de
prendre le problème le plus spé-
cifique de l'imagination ~~poétique~~
toute, le problème de l'expression
poétique. En considérant les
images poétiques du feu nous
avons une chance de plus puisque
nous abordons l'étude du langage
enflammé d'un langage que depuis
de la volonté de parure pour
atteindre parfois à la beauté aggressive
Dans le discours enflammé, toujours
~~l'imagination~~ l'expression dépasse la
pensée. En l'analysant nous avons déjà
auons, au niveau du langage, la
cholorie de l'excès. Tout le
psychisme est entraîné par des
images excessives. Les images
du feu sont une action dyna-
mique d'imagination dynamique
est bien un dynamisme du
~~psychisme~~ psychisme. Cette
frange d'excès qui colore tout
d'images littéraires nous dévoile une
réalité psychologique que nous aurons
à mettre en lumière

× Elle n'encombre pas le psychis-
me comme le font les récla-
mes désireuses. Si le réseau
solitaire de la redit et la
répète dans la conscience
de l'embellissement de
la parole

une réalité psychologique

Cite l'ange d'espèce qui colore
tout d'images littéraires

× Cette page doit être modifiée si
je me contente de faire ce
petit livre sur le 1er

A la fin de l'introduction (10 juin 61)
maintenant que je décida de
ne pas écrire, les pages préparées
sur le feu vécu, je dirai.

Et maintenant que voici
terminée la tâche que je
m'étais assignée de donner
des exemples relevant d'une
psychologie d'animus, une
culture mélancolie que prend
[comme si mon animus me
reprochait de ne l'avoir pas
laissé parler]
Je sens bien que j'avais encore
beaucoup de longues à compter,
beaucoup de rêveries qui
relativent, à l'encontre de celles
que nous avons abordée dans le
présent livre des rêveries sans
travail. Nous l'animus un peu
dans la parole. Mais nous ne
voulons pas l'obliger reste
en le résolvant

en marge :
Oui, un
chaleur
de tendres
où j'ai
meurs
le feu
vécu ?

Le Feu

Introduction

Je m'y remets.
25 Avril 61

26 ———

29 ———

4 Mai 61

23 septembre 61

Je m'y reremets
17 Dec 61

Je n'y remets de vrai le
20 Janvier 62

La Poétique du Phénix
du feu ?

—

Introduction

—

Copie souvent refaite
Recommencé le 20 Janvier 62

Fragments
차례　　d'une
　　Poétique
du Feu

일러두기

1. 이 책은 가스통 바슐라르 사후, 그의 딸 수잔 바슐라르가 원고를 수집하여 프랑스 PUF출판사에서 출간한 *Fragments d'une Poétique du Feu*를 완역한 것이다.

2. 아라비아 숫자로 표시된 주는 가스통 바슐라르의 원주, 알파벳 문자로 표시된 주는 원서 편집자인 수잔 바슐라르의 주, *는 역자 주이다. 단, 본문에 삽입된 원서 편집자 수잔 바슐라르의 설명은 〔 〕 안에 넣어 표시했으며, 경우에 따라서 각주로 처리했다.

3. 알파벳 주에 나오는 'G.B.'는 가스통 바슐라르를 가리킨다.

4. 원서에서 강조한 단어는 고딕체로 구분하여 표시됐다.

5. 주요 인명, 중요한 용어나 어구에는 원어를 병기했다.

책머리에[*]

체험한 책 Un livre vécu

1957년 『공간의 시학』을 출간하고, 1959년 『몽상의 시학』을 탈고하여 출판사에 넘긴 후, 아버지는 새 책을 집필하기 시작했다. 원소들(불, 물, 공기, 대지)에 관한 연구의 발단이 된 주제인 불을 이미 두 편의 '시학'에 표출되어 있었던 새로운 관점에 따라 다시 연구해보려는 욕망이 오래 전부터 그 안에 자리잡고 있었다. 이제 우리가 출간하는 이 글은 그 점에 대한 그의 설명을 담고 있다.

---

[*] '책머리에'는 가스통 바슐라르의 딸이자 이 책(원서)의 편집자인 수잔 바슐라르의 글이다.

아버지는 수많은 책을 읽고 메모를 수집한 후에 글을 쓰기 시작했다. 그는 서론부터, 좀더 정확히 말하면 서론의 앞부분부터 쓰기 시작했으며, 때로는 '가능한 시작'이라는 방주를 덧붙여 놓기도 했다. 그는 반복 수정 작업을 거쳤다. 이미 쓴 것을 삭제하는 경우는 없었고, 거기에 주석을 달거나 다시 쓰곤 했다. 그가 역동적 가치를 부여한 첫 문장만 표시되어 있는 페이지가 수없이 많다. 슐라이어마허Schleiermacher의 『독백』을 읽으면서, 그 책의 시작 구문인 '커다란 활놀림'에 대해 경탄하며 한 말이 기억난다. "내면 가장 깊은 곳에서 스스로에게 말을 거는 것은 인간이 자신에게 줄 수 있는 가장 값진 선물이다Keine köstlichere Gabe vermag der Mensch dem Menschen anzubieten, als war er im Innersten des Gemüths zu sich selbst geredet hat." 맨 앞 페이지들을 쓴다는 것은 도약하는 것이며 스스로에게 믿음을 주는 것이었다. 첫번째 안내서가 될 정도로 충분히 관심의 방향을 규정지어 보여주는 이러한 초고의 첫 페이지를 놓고 아버지는 서론과 여러 장(章)들 사이를 끊임없이 오가며 작업했다.

이번 경우 구상한 책은, 아버지의 표현에 따르면, '작업장'에 남겨지게 된 것이다. 그 책은 단순히 미완성 상태로 남겨진 것이 아니었고, 여러 개로 나뉘게 된 것이다. 흥미로운 연구 관점이 증폭되고 교차되었으며, 선택은 — 어려운 채 — 열려 있었다.

아버지는 혁신적인 시학적 경험 속으로 빠져들기를 원했다. 그래서 그는 앞으로 집필할 책을 처음에는 '체험한 불 le feu vécu'*이라는 제목으로 지칭했다. '체험한 불'이라는 제목으로 따로 보관되어 있던 자료에서 발견된, 맨 처음 계획의 초고를 옮겨보자.

"응시되고 명상된 불꽃으로 내면적 풍요를 만드는 것, 따뜻하게 해주고 환하게 비춰주는 화덕으로, 소유된 불, 은밀하게 소유된 불을 만드는 것, 이것이 바로 체험한 불의 심리학이 연구해야 할 존재의 영역이다. 이런 심리학은, 이미지들의 통일성을 찾아낼 수만 있다면, 어떤 우주의 힘들의 내면화를 묘사할 수 있을 것이다. 이미지들, 즉 불, 불꽃들, 불길, 불덩어리들이 제공하는 이미지들을 체험할 것을 받아들이기만 하면, 곧바로 우리는 우리 자신이 생동하는 불이라는 것을 의식할 것이다. 체험한 불의 심리학에서 우리가 찾을 수 있는 가장 큰 교훈은 아마도 강렬함intensité — 순수한 강렬함 — 의 심리학에, 존재의 강

---

* 우리 각자가 체험한 불 또는 우리 각자에 의해 체험된 불이라는 의미의 le feu vécu를, 이 책에서는 '체험한 불'로 번역한다. 이러한 맥락에서 이 장의 소제목 un livre vécu를 '체험한 책'으로 번역했음을 밝힌다.

럼함의 심리학에 우리를 열어놓는 일일 것이다. 불의 존재가 곧 강렬함의 존재임을 보여줄 수만 있어도 우리는 그것의 환위명제réciproque를 제시할 수 있을 것이다. 우리 안에서 존재는 결코 어떤 '상태'에 머물러 있는 것이 아니라 긴장의 다양함 속에서 항상 생동하고 있어서 올라가고 내려가며, 빛나거나 어두워진다. 불이란 결코 부동의 것이 아니다. 그것은 잠잘 때에도 살아 움직인다. 체험한 불은 늘 긴장된 존재의 표시를 지니고 있다. 꿈꾸는 사람에게, 생각하는 사람에게, 불의 이미지들은 강렬함을 전달하는 하나의 학파와 같은 것이다. 그러나 강렬함의, 상상해낸 강렬함의 이미지들 덕분에 우리는 기습적으로 닥치는 근육통 같은 강렬한 난폭함에서 벗어난다. 우리가 아니무스의 불과 아니마의 불을 잘 구별할 수 있다면, 부드러움, 온순한 불, 아니마의 불에는 부드러운 강렬함의 표시인 강렬한 온화함이라는 수식어가 적합하다는 것을 알게 될 것이다.

체험한 불의 심리학을 포괄적으로 연구하면서 우리는 형용사가 실사(實辭, 명사)에 미치는 영향을 느끼게 해주는 수많은 경우를 볼 것이다. 우리는 형용사의 존재론을 구상할 것이다. 사람들이 상상할 때, 실체는 너무 멀리―우리 바깥에서 너무 멀리, 그리고 우리 안에서 너무 멀리―있어, 상상력은 형용사들의 유동성mobilité에서 더욱 잘 작용한다. 그러므로 체험한 불은 경험적 시간을 지칭할 수 있을 것이며, 흘러가고 넘실거리는 삶을, 또한 솟구치는 삶을 따라갈 수 있을 것이다. 불의 일시적인 삶은 수평적 평온을 거의 알지 못한다. 불은, 그 고유의 삶에서, 항상 어떤 솟구침이다. 불은 사그라질 때에야 비로소 수평적 온기가 되고, 여성적 온기 속에서 부동성이 되는 것이다.

가능하다면 우리는 아니무스와 아니마의 변증법 안에서 불의 심리학이 보여주는 내밀한 모순점들을 다루고, 불과 온기를 상상력의 양극으로 연구할 것이다. 완전한 심리학을 위해서 우리는 암수 양성적인 우리 존재의 양극에서 살아갈 필요가 있다. 그러면 우리는 불의 난폭함과 위안 속에서 때로는 사랑의 이미지로, 때로는 분노의 이미지로 불을 맞이할 수 있을 것이다."

사고의 근저를 이루는 이 페이지는 불에 대한 예전의 명상과는 다른 새로운 방향을 제시해주는 결정적 순간을 보여준다. 구경거리가 될 만한 화려한 불과의 거리는 사라진다. 불의 솟구침을 포착하면서 존재는 불에 참여하며, 존재 자체가 용솟음치는 것이다. 체험vécu이란 용어는 생동하는 불이 된 인간의 상상적 경험 속에서 이러한 불의 내면화를 표시하는 것이었다. 이미 『공간의 시학』과 『몽상의 시학』에서 '울림retentissement'이라는 개념으로 나타나고 있는 내면화이다. 원소들에 대한 이론에서 출발하여 그 가동성(可動性) 속에서의 특성에 가치를 부여하기에 이르는 연구 궤도의 변경이 이 페이지에도 나타나고 있다. 그리하여 승화sublimation의 수직적 차원이 완전히 열린다. 존재는 불의 강렬함에 상상으로 참여함으로써 강렬하게 산다. 존재는 아니무스와 아니마의 '변증법' 속에서 솟아올랐다가 다시 사그라지는 불의 '모순점들' 마저도 강렬하게 체험하는 것이다.

그런데, 아버지는 그후 '체험한 불' 이란 제목을 포기하고 '불의 시학' 이란 제목을 택했다. 그렇다고 시초의 계획을 포기한 것은 아니었다. 그는 나에게 망설이고 있다고 여러 번 말했다. 책들을 식별해주는 수단인 제목은 단번에 오해를 불러일으킬 수 있다. 그는 독자가 '체험한 불' 이라는 제목을 접하면서, 그가 거리를 두고 있던 실존주의에 새로 매혹되는 것으로 이해할까 걱정했던 것이다.

또 한편으로는 '불의 시학' 집필과정에서 우선적 연구 과제로 역점을 둔 것은 아니무스의 불, 솟구치는 활동적인 불로, 능동적이고 긴장된 사유의 철학자, 자기 자신을 새롭게 하면서 끊임없이 발전하기를 원하는 사유의 철학자를 곧바로 매료시키는 것이었다. '체험' 을 아니마의 불에, 몽상한 불의 온기와 위안에 한정하려는 생각이 조금씩 형성되었다. 어쨌든, '체험' 이라는 용어를 설명하는 것이 절박하게 여겨졌다.

아버지는 각각의 저서들 서문 끝에 책의 개요를 적어놓았다. 그것은 단순히 교육적인 선택이 아니었다. 미리 알림으로써 그 개요로 되돌아와 수정하지 않고, 그럼으로써 책의 미래에 대해 확신을 얻으려는 의도였다. 아버지는 '불의 시학' 서론 초고에 아니무스 불을 집중적으로 다루고 있는 제1부의 테마들을 간략하게 적고, '체험한 불'의 개념을 정당화하는 작업을 시작했다.

"우리 책 제2부에 '체험한 불'이라는 일반적 제목 아래 여러 장(章)들을 모아놓았다. 응용 현상학의 중심 사상 중 하나는 체험한 경험들을 확정하는 것이다. 그런데 일반적으로 이런 확정이라는 것은 한 단어로 너무나 많은 것을 말하고 있다. 우리 시대의 철학자들의 펜대 아래서 '체험'이란 단어는 주로 권리를 주장하는 단어이다. 그렇다면 이 단어는, 체험을 다루지 않는다고 여겨지고 추상적 개념의 작위적 유희에 만족하며 '사고'에 전념하기 위해서 '존재'를 내팽개치고 있다고 판단되는 철학자들에 대립해서 씌어진 것이다. 문제는 그리 간단해 보이지 않는다. 우리 자신이 체험한 불에 대해 말하고 있으므로 이 서론에서부터 우리의 입장을 밝혀야 한다."

우리가 이번에 출간하는 것은 이러한 정당화 작업의 개정 증보판이다.

아버지는 작업중인 서론을 남겨두고 제1부의 여러 장들을 동시에 집필하기 시작했다. 벌써 오래 전부터 '피닉스' '프로메테우스' '불의 분노' '엠페도클레스'에 관해서 기록하고 있었다. 단편적인 글들, '가능한 시작들', 독서 노트 등이 뒤섞여 있는 자료들이었다. 이 자료에서 세 장이 형성되었다. 제1장은 피닉스에 관한 것으로 두 가지 초고가 있었고, '피닉스, 삶과 죽음의 복합 이미지' '시인의 피닉스'라는 제목이 연달아 붙어 있었는데, 결국은 '피닉스, 언어의 현상'이라는 제목을 붙였다. 제2장 '프로메테우스'의 완전한 진척은 (임시 목차와 부분적 전개, 텍스트 주해 등을 포함하여) 뒤로 미루어졌다. '엠페도클레스'와 '불의 분노'에 대한 자료들은 책 제1부의 제3장이자 마지막 장인 하나의 장을 형성하는 데 사용되었다. 그러나 그 장의 통일성을 찾기는 어렵다. 그 장을 남성적인 불로 제한하려는 의도였으므로 '불과 체험한 파괴'라는 제목을 그대로 사용할 수는 없었다. 그 제목은 아버지가 '체험'을 아니마의 테마를 내포하는 것으로 이해하며 그 책에 '체험한 불'이라는 일반적 제목을 붙이려고 구상한 시기에 생각하고 있던 것이다. 이 장의 '첫' 페이지들이 아주 많다. 나는 첫 원고에서 '가장 진전된 시작'이라고 표시된 것을 옮겨 적어보겠다. (본문 옆에 이렇게 적혀 있다. "이 장의 제목은 단순하게 '파괴하다'로 하는 것이 좋겠다.")

"철학자는 절대를 추구한다. 그는 이미지를 경계하며 이미지를 필요로 하지 않는다. 그에게는 관념들만 있으면 충분하다. 너무나 간단하고 신속하게 처리되어 더이상 능동적이지 않은 관념들이 있다. 무(無)에 대한 관념이 그렇다. 철학자는 모든 관념의 '적용application'이 관념의 실재와 실효성을 나타내는 유일한 척도임을 알지 못한 채, 무에 대한 관념을 모든 것에 적용한다. 따라서 무Néant, 부재Vide, 아무것도 아닌 것Rien, 부정 Non 등은 찢어진 종이처럼 다루어진다. 부정은 곧바로 효력을 발휘한다. 그것은 생각하는 자에게 자신의 관념들의 지배 아래에서 어떤 반전을 허용한다. 부정은 그를 펜 한 획으로, 별 어려움 없이, 어떤 책임감도 없이 다른 이로 만들어버린다. 왕국 없는 왕과 같은 철학자는 부정성négativité으로 통치한다. 그러나 파괴하는 것은 부정하는 것과는 다른 일이다. 우리는 할 일이 다 끝났는지 모르며, 또한 우리가 파괴한 것의 흔적을 세상이 간직하고 있는지 절대로 알지 못한다. 그리고 무엇보다도, 파괴자의 영혼을 가지고 있으면 결코 자기 자신과 평화로울 수 없다. 파괴는 파괴하는 자를 파괴해야 한다. 잔해는 우리 안에 있다."

다음에 이어지는 페이지들은 이 책에 묶어 출간한 후기 원고에 다시 채택되고 통합되었다.

"나는 곧장 엠페도클레스에게로 가기를 원한다"는 1959년 12월 24일자 주석은 파괴의 테마를 포기한 것이 아니라 오히려 그 장의 중심에 놓고 있음을 보여준다. 즉 "엠페도클레스는 파괴의 중요한 존재인 것이다." 아버지는 첫 페이지들을 재구성했고 이 장의 제목을 '엠페도클레스'라고 붙였다. 1960년과 1961년 상반기에 그는 이 장과 피닉스에 관한 장을 집필했다. 동시에 책의 제2부를 구상하기 시작했다. '체험한 불'이라는 제목이 붙은 제2부는 이제 아니마의 불의 테마로 한정되었다. 그는 온기, 융합, 마찰의 꿈, 연금술사의 불 등 다양한 테마에 대한 강의 기록을 더 발전시키지 않고 있는 그대로 다시 읽었는데, 그중에는 아주 오래된 기록들도 있었다. 역설적으로, 여러 가지 구상은 그것을 실현시키기 불가능하다는 의식이 더욱 명료해지는 바로 그 순간에 많아졌다. 병이 점점 악화되었고, 한정된 시간에 대한 두려움은 더욱 무겁게 느껴졌다. 1961년 5월 18일에 수정된 기록들은 '체험한 불'이라는 항목 아래 정리되어 있었다. 한편 끊임없이 수정한 서론에 적혀 있는 방주는 그의 망설임을 보여주는 첫번째 흔적이다. "나는 체험에 대한 혹평에서 출발하지 않겠다. 마지막 장을 체험한 불에 관한 것으로 설정할지 좀더 생각해볼 것이다. 따라서 이 페이지를 재검토해야 한다." '체험한 불'을 제2부의 여러 장들을 모은 것으로 구성할 것인가? 또는 마지막 장으로만 구성할 것인가? 아니면 아예 포기할 것인가? 또는 '불의 시학' 이후의 다른 책에 대한 구상으로 쓸 것인가? 이런 것들이 아버지의 망설임이었다.

결국, 자신의 시간이 끝나감을 느끼고 그 한정된 시간 안에 너무나 다양한 소재들을 체계적으로 구성하는 것이 불가능하다는 사실을 깨달은 아버지는 책의 제2부를 포기했다. 그러므로 구상한 서론 끝부분을 수정해야 했다. 1961년 6월 10일자 메모가 이를 분명히 밝히고 있다.

"이제 체험한 불에 관해 준비한 페이지들을 쓰지 않기로 결정한 이상(1961년 6월 10일), 서론 끝에는 이렇게 적겠다.

'이제 아니무스의 심리학을 드러내는 예들을 제시하기로 한 내 임무는 끝났다. 그런데 일종의 침울함이 나를 사로잡는다(마치 나의 아니마가 자기가 말하도록 내버려두지 않았다고 나를 책망하는 것 같았다).

나에게는 아직도 이야기해야 할 꿈들, 우리가 이 책에서 접근한 꿈과는 상반될 수 있는 많은 몽상들, 활동하지 않은 몽상들이 있다는 것을 안다. 아니마가 다시 말할 것이다. 그렇지만 이 시작 부분에서 그것을 언급하지는 않겠다⋯⋯'"

어쩌면 막연한 저항이 두번째 시도를 위해, 수줍은 은밀함의 표시로, 조화로운 열기의 불, 잊지 못할 불, 그러나 기억에서의 체험과 상상의 세계에서의 체험 속에서 다시 살기 어려운, 두 배로 어려운 불을 남겨둔 것일지도 모른다.

'시를 통해 이루어지는 고통의 승화'라는 제목으로 따로 간직된 페이지는 후에 씌어진 것인데(필체가 그것을 증명한다), 이에 대해 해석가는 아무 말도 할 수 없다.

"시로 위로받는 것, 이것은 극도로 섬세하게 고통을 지속하는 것이 아닌가. 정신분석 철학에서 승화는 정신현상psychisme을 위로된 상태로 너무 쉽게 데려간다. 그런데, 승화의 이중적 삶에서 진정한 삶이란 죽음의 한 극점에 지나지 않는다. 사람들은 첫번째 고통 속에서 더이상 괴로워하지 않는다.

그러나 시인 덕분에 고통이 그 이미지를 찾았을 때 우리는 승화를 알게 되는데, 그 안에서 이미지는 추억을 상기시킨다. 매료된 고통은 그의 어두운 동굴에서 나온다. 가슴 아픈 비애가 되살아나는 이 엄청난 힘이 안토니오 마차도Antonio Machado의 시[1]에서 느껴지지 않는가.

내 가슴에는
정열의 가시가 박혀 있었다
어느 날 내가 그것을 빼냈다
이제 더이상 내 가슴을 느낄 수 없다

---

1) 안토니오 마차도, 『몇 편의 시Quelques Poèmes』, 불역판 P. Darmangeat, G. Pradal-Rodriguez, Seghers, 1953, 13쪽(1903~1907 시기의 시).

시의 끝부분은 이렇다.

　내 노래가 다시 불평을 한다
　"날카로운 금 가시여,
　나 그대를 느끼고 싶구나
　내 가슴속에 박힌 그대를."

이와 같은 시는 시적 승화의 문제를 매우 특별한 측면에서 제기한다. 자신의 비밀스러운 고통으로 작품을 만들면서 시인은 그 고통에서 해방되는 것인가? 마차도의 작품처럼 아름다운 경우에는 그렇게 보이지 않는다. 시인은 승화 후에 더욱 섬세하게, 따라서 더욱 깊이 괴로워하는 것이다. 결국, 이미지는 있는 그대로의 추억보다 더욱 고통스럽다. 추억은 강렬히 불타오른다. 추억이 시에 의해 심한 화상brûlure 상태로 이끌리는 것이다. 화상은 시인에 의해 지속된다. 그는 잉걸불에 입김을 불어댄다. 그리고 이제 시인이 그 고통을 회상할 때는, 자신의 시(詩)도, 아니 무엇보다 자신의 시를 기억할 것이다.

그리고 소박한 독자인 우리가 그 시를 택한다면, 또는 가슴에서 가시를 빼낸 어느 날에 대한 기억에 그 시를 '적용'한다면,

이제 그 시는 우리 안에 시의 고통이라는 새로운 고통을 퍼뜨릴 것이다. 과거는 환상이다. 과거는 재 아래에서 여전히 괴로워하고 있다. 은밀한 화상의 부정성과 살아갈 용기의 가능성이 우리 가슴속에서 끊임없이 서로 도전장을 주고받는 것이다. 우리 안에 스며 있는 옛 고통을 파괴하는 것은 기나긴 괴로움이다. 사라진 모든 사랑은 영혼을 연옥에 빠뜨려 시련을 겪게 한다."

제2부를 포기하고 나자 '불의 시학'은 책의 완성이라는 측면에서뿐만 아니라 발상 자체가 불완전해졌다. 핵심적인 양극화가 무너져버린 것이다. 아니무스는 아니마가 없는 홀아비였다. 그래서 '불의 시학' 원고를 내버려두고, 피닉스에 관한 내용을 제1장으로 해서 책을 구성하려는 새로운 구상이 생겨났다. 다양한 테마의 '불의 시학'과 비교해볼 때, 피닉스에만 국한시킨 연구는 단일한 대상을 집중적으로 분석하는 장점을 가질 것이며, 제한된 시간 내에 좀더 수월하게 진척될 수 있으리라 여겨졌다.

'불의 시학'을 구상하면서, 아버지는 피닉스를 불 같은 의식 conscience ignée의 상상계의 대상으로 간주했다. 피닉스의 도발적인 성격을 나타내주는 한 테마가 그를 매료시켰다. 그것은 전설적이고 신화적인 새를 시적 상상계의 새로운 눈으로 바라보는 것이었다. 피닉스에 관한 장의 앞부분을 상기해보자. "피닉스의 이미지가 언어 안에서 별 어려움 없이 살고 있다는 것을 보여줄 수 있다면, 피닉스가 시적 존재 ― 승화된 언어의 승리 ― 를 보존하고 가지게 되는, 또는 되찾는 구체적인 예들을 제시할 수 있다면, 우리는 어렵거나 절망적인 경우, 현상학이 비록 전통적인 이미지들일지라도 그것과 함께 새로운 출발을 허용한다는 것을 증명할 수 있을 것이다." 이처럼 시인들의 피닉스는 새로운 탄생이다. 신화를 초월하면서 기묘하게 신화를 반복하는 것이다. 즉, 피닉스는 전설과 신화의 잿더미 속에서 시적으로 비상한다.

 1961년 7월, 아버지는 1960년 5월 초순에 엠페도클레스에 관한 장에 전념하기 위해서 남겨둔 상태 그대로 있던 이 장을 다시 집필하기 시작했다. "다시 읽기 시작함. 그러나 나는 만족하지 않는다"라고 그는 이 장의 표지에 적고 있다. '불의 시학'의 전체 구도 속에서 단 하나의 장으로 구상된 이 장은 시적 현상과 전설적 바탕, 전통과 새로움을 뒤섞을 수밖에 없었다. '예비적'인 두 장이 신화와 전설적 묘사를 중시한 반면, 피닉스에만 한정해 책을 쓰겠다고 다시 방향을 잡은 후 아버지는 이미 씌어진 초고를 전통과 고증학적 지식으로부터 해방시키려고 했다. 그리고 시학의 특수성을 끌어내면서 정화된 이 텍스트로 '피닉스의 시학'의 핵심을 작성할 수 있기를 바랐다. 동시에 그는 전체 구도를 수정하기 위해서 '불의 시학' 서론을 다시 수정했는데, 어쨌든 새로운 구상에서도 '불의 시학' 앞부분은 그대로 두려고 했다.

그렇지만 아버지는 만족하지 못했다. 두 배로 만족하지 못했다.

우선, 진행하고 있던 세 장의 구성에 만족하지 않았다. 서론의 최종 수정본에서 그는 '책을 쓰는 사람으로서 최후의 고통'을 피력한다. "피닉스에 관한 책을 쓰기 위해서는 상당한 고증학적 지식을 가지고 있어야 할 것이다. 신화와 종교에 박식한 역사학자가 되어야 할 것이다." 아버지에게는 그런 가능성도 없었고, 근본적으로 그런 취향도 없었다. 다른 관심이 그를 자극했지만 그만큼 유식하지 못해 매우 아쉬워했다. 영원한 학생이었던 아버지는 배우기를 좋아했다. 우리는 그의 저서에서 그가 유년 시절에 대해 여러 차례 언급하고 있는 것을 볼 수 있다. 그것은 그가 유년 시절의 상태를 그리워했다는 표시도, 순진함에 대한 향수를 가지고 있었다는 표시도 아니다. 그것은 유년 시절의 능력, 즉 몽상적이고 자유로운 어린아이가 가지고 있는 경탄할 수 있는 능력뿐만 아니라, 배우고 자신을 변화시킬 수 있는 능력에 대한 향수를 보여주는 것이다. 그런 욕망은 전문서적들을 읽으면서 끊임없이 되살아났다. 자유로운 상상력의 과감함과 교육을 통해 훈련된 사고의 통제 사이에 긴장이 보였다. 극단적으로 치닫는 상상을 진정시킬 필요성 역시 문제가 되었다. 사실, 그가 스스로에게 부여한 소임은 객관적으로 신화와 시를 분리하고, 끊임없이 재결합하는 것이었다. '고대 신화의 도움 없이도 피닉스는 계속 시 안에서 다시 태어난다'는 것은 사실이다. 그러나 시인들의 독자가 신화학자들의 가르침을 받으면 좀더 냉철한 시각을 갖게 된다는 점도 사실이다. 고증학적 지식을 쌓는다는 관점에서 벗어나 다른 관심을 가지고 신화학자들의 저서를 읽어야 한다는 것 또한 사실이다.

그렇지만 아버지는 실현 가능성의 희박함과 객관적인 실망감을 넘어 더욱 깊이, 이런 새로운 방향 설정을 초기의 야심이 감소된 것으로 여겼다. 피닉스에만 국한된 책을 쓰려는 구상이 섰을 때, 그는 '불의 시학' 서론 한 페이지에 이런 주석을 달았다.

"내가 피닉스에 관한 소책자를 내는 것으로 만족한다면, 이 페이지는 수정해야 할 것이다."

'불의 시학'을 포기하려고 한 1961년 7월 10일의 이 '결정'은 사실 확고부동한 것은 아니었다. 그는 계속 서론으로 되돌아오곤 했는데, 초반부는 그대로 내버려두고, 후반부는 좀더 정신분석적 경향을 띤 비평 쪽으로 몰아갔다. 그러면서도 새 책의 목차를 확정짓지 못했다. 1962년 초여름에야 비로소 그는 '피닉스의 시학'의 계획된 세 장에 대한 취지를 제시하면서 이 서론을 끝마쳤다. 1962년 1월 20일, 마지막에서 두번째 판 원고가 정리되어 있는 자료 표지에 '피닉스의 시학 아니면 불의 시학?'이라고 적혀 있는 것을 보면, 그가 그때까지도 여전히 망설이고 있었음을 알 수 있다.

'피닉스의 시학' : 중요한 계획을 포기하는 것, 그렇지만, 죽음과 유년 시절, 장작더미와 요람을 합치시키고, 맑은 오브 강, 자신의 강가에서 꿈꾸는 어린아이와 다가온 죽음, 승화된 이미지에 의해 변형된 죽음을 명상하고 있는 사람을 접근시키는 운명의 상징적 전위, 날개 돋친 불꽃과 재, 죽고 다시 태어나는 불새에게 끌리는 매력.

"낮에서 밤, 밤에서 낮 사이, 우리 안에서 죽고 다시 태어나는 우리의 피닉스는 몇 살인가? 인생의 만년(晩年)에 불사조적 몽상들은 노령을 가로지른다. 사람들은 추억을 태우며 죽는다. 그렇지만 추억을 태우면서 추억을 더욱 사랑하게 되므로, 사람들은 체험한 사랑의 영원함을 누릴 만한 자격을 얻는다."

피닉스, '둥지와 장작더미의 중대한 이미지들의 기묘한 종합', 자웅동체의 새, 최후의 원대한 꿈속에서 아니무스와 아니마의 중개자.

말년에, 가스통 바슐라르는 피닉스의 내면화를 완성할 수 있는 마지막 장을 쓰려는 생각을 가지게 되었다.

"내 피닉스에 대해 말할 마지막 장을 써야 하지 않을까? 제목은 '나의 불사조적 꿈들', 부제는 '명암과 잿빛 삶'이 될 것이다. 나는, 내 존재의 책상 앞에 있기보다는, 나의 무(無)를 쓰다듬으면서 내 비존재의 책상 앞에 있을 것이다."

그리고 마지막 페이지에 이렇게 씌어 있다.

"책을 쓴다는 것은 사람을 늙게 한다. 언젠가는 결론을 맺고 끝내야 한다.

우리는 본래의 경험이 어디에 이르렀는지 알게 된다. 살아가는 동안, 쓰는 습관을 유지하기 위해 책을 썼다. 책 바깥에서 사고는 자유롭다고 생각했으며, 우리는 쓰는 운명이 아닌 다른 운명을 가지고 있다고 생각했다. 그렇지만 책을 쓰면서 바로 자신의 운명을 따라간 것이며, 또한 차차 자신이 쓰는 책의 운명만 가지게 된다는 사실을 인정해야 하는 시간이 온다.

한 가지 작업의 운명에서 벗어나기 위해서는 항상 한꺼번에 두세 권의 책을 써야 한다. 스스로에게 그것을 맹세하면서, 책상 위에 네다섯 뭉치의 자료들을 올려놓는다…… 그런데 가장 무의미한 자료들이 점점 늘어날 때는 굉장히 불행하다. 자기 종이를 태워버릴 줄 모르는 불행한 작가들, 그들은 피닉스-책

livre-phénix이 잿더미에서 다시 태어나지 않으리란 것을 잘 '알고 있다'!"

작고(1962년 10월 16일)하기 얼마 전에, 최근 몇 년간의 작업을 끝마치지 못해 근심하던 아버지는 나에게 여러 가지 지시를 내렸다. 첫번째 지시는 반드시 지켜야 할 일반적인 사항이었다. 즉, 구두로 행해진 텍스트들(강의 노트, 라디오 대담 등)은 어떤 경우에도 출간하지 말라는 것이었다. 여러 구상들이 교차하고 있어 최종적으로 완성되려면 아직 멀었던 불에 관한 자료들에 관해서는 "어쨌든, 교정을 하고 난 후에 『전집』에 포함시키는 편이 나을 것이다"라고 의중을 밝혔다. 1961년 말에 프랑스 대학 출판사Presses Universitaires de France 대표였던 폴 앙굴방 Paul Angoulvent의 제안에 따라 『전집』이 기획되었다.

이 기획은 탄생 백주년 기념으로 출간된 『베르그송 작품들 Œuvres de Bergson』을 본보기로 삼아, 본문의 연구 주석과 서문들을 실은 세 권으로 된 전집 간행 계획이었다. 이것은 아버지의 책을 출간하는 모든 출판 관계자의 협력이 필요한 장기간에 걸친 계획이었다. 이 긴 작업의 첫 단계는 소논문과 서문 모음집이 될 것이었다. 아버지는 출간할 수 있는 텍스트 목록을 나에게 말해주었다. 이 텍스트들은 1970년 『연구집Etudes』(브

랭 출판사)과 『꿈꿀 권리 *Le Droit de Rêver*』(프랑스 대학 출판사)에 함께 묶였다.

프랑스 대학 출판사는 폴 앙굴방의 계획을 따랐다. 1974년 2월, 이 계획은 이제 매우 진척되어(그때는 전4권이 예상되었으며, 서문과 연구 주석에 대해서 여러 출판 관계자들의 의견을 타진했다) 모든 출판사의 동의를 얻게 되었다. 그런데 몇 주 후에 그들 중 한 명이 동의를 취소하는 바람에 그 계획은 잠정적으로 무산되었다.

1981년 7월, 프랑스 대학 출판사가 다시 『전집』 출간을 제안했으나 그해 여름 동안 다른 출판사들은 출판의 총체적인 어려움을 핑계삼아 출간 거부 의사를 분명하게 밝혔다. 이렇게, 아버지의 바람을 충족시킬 수 있는 희망이 사라져버릴 지경에 이르자, 불에 관한 원고를 단행본으로 출간하는 계획을 세워야 했다.

원고 상태와 텍스트 구성

'피닉스의 시학'은 구상중이던 원고 여러 장이 불타버렸으므로 서론과 그 이전 판본의 원고, 따로 보관해둔 용지, 독서 노트만 남게 되었다.

'불의 시학'은 그 구성과 작업 정도에 따라 매우 다양한 자료들을 포함하고 있었다. 서론과(처음 반 정도는 '불의 시학'과 '피닉스의 시학'에 공통되는 부분이었다) 제1부에 엮을 예정이었던 세 장에 관련된 중요한 자료들은 모두 미완성이었다. 이 세 장에는 결국 '피닉스, 언어의 현상' '프로메테우스' '엠페도클레스'라는 제목이 붙었다.

처음에는 '체험한 불'에 관한 것으로 구상되었다가 가스통 바슐라르가 결국 포기한 제2부에 관련된 부속 자료들은 따로 보관해두었던 종이 몇 장과 더불어 훗날 집필 소재를 제공해주었을 옛 강의 노트, 특히 연금술에 관한 노트를 포함하고 있었다.

자료에 결론에 관한 요소는 전혀 없었다.

많은 전개부들이 새로운 집필 대상이 되었을 것이라고 생각해볼 수 있는데, 아마 그 때문에 목차를 수정해야 했을 것이다. 진전된 전개부와 초고 구상본이 동시에 존재하고, 수많은 부분적인 원고, 방주, 부속 용지, 아직 한데 묶이지 않은 독서 노트, 미완결된 참고문헌 등이 그 점을 증명해준다.

우리는 두 가지 다른 판본, 즉 '불의 시학' 원고와 '피닉스의 시학' 원고의 서론과 세 장, 즉 '피닉스, 언어의 현상' '프로메테우스' '엠페도클레스'를 출간하게 되었다. 여러 차례 수정 작업을 하는 내내 이 순서는 바뀌지 않았다. 서론과 제1장은 제사 (題辭)를 포함하고 있다. 우리는 책 전체의 제사로 사용하려는 의도로 장 부르데예트Jean Bourdeillette의 시를 인용하고 있는 두 개의 주석을 자료에서 발견했다. 그러므로 우리는 이 책 맨 앞에 이 시를 옮겨 적기로 한다. 우리는 자료에서 제2부가 될 수 있는 관련 강의 노트들을 발견했지만 출간하지 않기로 했다. 그가 우리에게 당부한 대로 꼭 지켜야 할 지시사항을 이행하기 위해서이다.

원고본들이 다양해서 어떤 경우에는 우리 스스로 선택해야 했으나, 대부분 한 원고본이 적절한 것으로 분명하게 드러났다. 일반적으로 원고본들은 전개 구성이 달랐을 뿐, 문장 자체가 바뀌지는 않았다.

다만 '엠페도클레스'에 관한 장만이 전체적으로 계속 이어지는 페이지 번호를 매기고 있었다. 다른 두 장에서는, 페이지 번호가 없는 전개 부분의 난외 주석들이 때로는 그의 망설임을 보여주며 따라가야 할 목차를 표시하고 있었다. 이런 지적사항 중 몇 가지는 일치되지 않아서, 우리가 전개 순서를 결정해야 했다. 피닉스에 관한 장의 후반부가 그런 경우이다.

처음에는 '프로메테우스' 자료에서 '가능한 시작', 임시 목차, 몇 가지 독서 노트 등의 몇 페이지만 찾아냈을 뿐이다. 우리는 불에 관한 전체 자료에 포함되어 있지 않은 두 자료에 흩어져 있던 프로메테우스에 관한 주석과 전개 부분을 다시 찾아냈고, 그것을 가스통 바슐라르의 텍스트들이 암시하는 몇 개의 항목에 따라 모았다.

우리는 독서 노트들 가운데서 이 텍스트의 방향을 명백히 해준다고 여겨지는 것만 출간했다. 가스통 바슐라르가 '학생 노트'라고 부른 것으로, 단순히 참고자료였던 인용 텍스트들은 옮기지 않았다.

따로 보관되어 있던 몇 가지 주의사항들은 각주에 첨가했다.

우리는 모든 텍스트에 참고문헌을 분명하게 표시했으며, 몇 가지 보충 참고자료를 추가했다.

불의 시학의 단편들

"서둘러라, 선고받은 육체여"
— 장 부르데예트, 『별들을 손에 담고 *Les Etoiles dans la main*』

서론
책 쓰는 사람의 연구생활에 대한 회고의 눈길

> "우리가 그대에게 확언하노라, 질서여!
> 우리는 그대가 어제 우리의 각 시대를
> 영예롭게 해주었음을 잊지 않노라."
> ― 랭보, 「도취의 아침나절 Matinée d'ivresse」,
> 『착색판화집 Les Illuminations』

약 20년 전에―아니 어쩌면 그보다 5년 더 전에, 도대체 지식인의 삶에서 지속되는 우회는 어디에서 시작되는 것일까?―과학철학 교수로서의 정규적인 일 외에 문학 이미지들의 문제에 관심을 갖기 시작하면서 나는 이렇게 제한된 문제는 그 어떤 철학적 도구의 도움 없이 아주 단순하게 취급할 수 있을 거라고 생각했다. 과학적 사고를 연구해오던 방식처럼 될 수 있는 대로 객관적으로 이미지들을 연구해야 한다고 생각한 것이다. 예견치 않던 것을 언어에까지 부여하는 상상력의 비약을 '객관적으로' 연구한다는 것이 얼마나 역설적인 일인지 나는 미처 인식하지 못했다. 여러 가지 예들을 추가하다보면 어떤 법칙을 찾아내리라 생각했다. 나는 별 생각 없이 객관성을 지키겠다고 자부했는데, 이는 합리성에 몰두하여 과학을 연구하면서 진정한 과학적 소양을 갖추려고 애쓰는 사람들에게서 쉽게 찾아볼 수 있는 태도였다. 심리학자들은 앙케트의 객관성이 자신들이 관찰하는 조사 수량과 상관관계가 있다고 쉽사리 생각한다. 따라서 나는 독서량을 늘린다면 글쓰기의 의지로 부각된 언어, 즉 시적 언어의 인문과학적 조감도가 그려지리라 기대했다. 이렇게 나는 오랫동안 안이한 생각을 가진 철학가였다. 자주 머릿속을 스친 생각은 내가 산책하고 있는 식물학자이며, 나의 독서가 이끄는 대로 '시적 꽃들'을 모으고 있다는 것이었다. 나는 늘어만 가는 수집된 이미지들을 보면서 내가 공정하게, 내 취향을 통제해가며 모든 것을 받아들일 줄 안다는 인상을 가지게 되었다.

그리고 마침내 내가 용이한 방법들을 수렴하여 모든 것을 받아들일 줄 알면 모든 것을 분류할 수 있으리라 생각했다. 사실상, 우주론의 상상력에 관한 기초 철학에 중요한 기반이 되는 4원소, 즉 불, 물, 공기, 대지는 우주론의 이미지들의 백과사전을 위한 책 제목으로, 여러 장들의 서두로 제시되었다. 많은 철학자들과 학자들이 4원소 중 하나의 기호 아래 세계를 '사고' 했으므로, 우리는 시인들의 이미지가 우주론의 소박함을 되살리면서 매우 오래된 학설들을 다시 빛내리라고 기대할 수 있었다. 상상계의 어떤 동질성이 수세기 동안 지속되고 있는데, 그것은 결국 상상계란 인간 본성과 관계가 있다는 증거를 보여주는 것이다. 이렇게 해서 나는 별 문제 없이 독서에 내 열정을 쏟아부을 계획을 세웠다. 양심에 거리낄 것 없이 한결같은 마음으로 나는 매우 다양한 책들 속에서 모험을 할 수 있었고 수확물들을 차례대로 정리할 수 있었다. 수집된 모든 이미지는 나의 네 개의 자료 가운데 하나로 정돈되어야 했다.

네 개의 자료. 네 개의 곳간이라니, 추수한 곡식과 수확한 포도를 저장하기에 얼마나 안전한 곳인가. 끊임없이 작업하기 위한 얼마나 멋진 상상 속의 시설인가!

그러나 이토록 많은 작업을 하고 난 오늘날, 주석이 붙은 이미지의 식물도감이 2천 페이지가 넘는 지금, 나는 내 모든 책을 다시 쓰고 싶다. 풍요로운 영혼 깊은 곳에서 말해진 이미지들의 울림을 좀더 잘 전할 수 있을 것 같고, 인간의 정신현상에 깊이 뿌리내리고 있는 이미지와 새로운 이미지의 관계를 좀더 잘 묘사할 수 있을 것 같다. 어쩌면 여느 때와 마찬가지로 오늘날에도, 말parole이 인간적인 것을 창조하는 순간들을 포착할 수도 있을 것이다. 이미지들을 결합하고 흡사한 이미지들을 묶으면서도 비길 데 없이 탁월하다는 이점을 존속시킬 수 있을 것이다. 그렇게 되면, 나는—무모한 야심이지만—자발성의 원칙 doctrine de la spontanéité을 발전시킬 수 있을 것이다. 그 어느 곳에서 순수한 자발성이 언어 안에서보다 더 산뜻하고 공기처럼 가벼울 수 있겠는가? 시, 그것은 스스로에 대해 자유로운 언어이다. 나는 철학자로서 이미지가 풍부한 언어에서 받은, 때로는 매우 개인적인, 정신적 혜택에 끊임없이 주해를 달 것이다. 가능하다면 말하는 기쁨의 근원으로까지 가려고 할 것이다. 시인이 우리에게 제공해주는 새로운 이미지 앞에서 느끼는 이 기쁨은 아주 단순한 것이다. 그렇지만, 그것은 단순함 그 자체를 통하여 순수해질 수 있고, 말하는 존재의 직접적인 기쁨, 곧 의미의 책임감에서 벗어나는 기쁨일 수 있다. 그렇다. 아무리 열정적인 의미일지라도 그 모든 의미에 대한 걱정에서 벗어나 이미지들을 체험하면서 내 안에 자발성의 미메티슴mimétisme을 세워볼 수 있었다.

그리하여, 아주 단순하게 시인들의 이미지들을 받아들임으로써 상상할 자유를 알게 된 것이라고, 그 이미지들을 모으면서 나는 오랫동안 믿어왔고 지금도 여전히 조금은 믿고 있다. 그 점에서 나는 시를 통해 정신현상을 자유롭게 하는 데 출발이 좋았던 것이다.

물론, 수세기 동안 시인들의 헌장이었던 '시적 기법들'에 대한 검토는 놀라우리만큼 다양한 이미지들 가운데서 얻는 단순한 유희보다 더 커다란 영향력을 가지게 될 것이다. 우리가 시도하는 것보다 훨씬 더 폭넓은 이러한 검토를 통해서 이미지와 사상의 협동작업으로 인지되는 시의 구조에 대해 판단할 수 있을 것이다. 그러면, 거기에서 지능과 취향, 침착함과 영감의 작품인 합성시 poésie composée에 대한 연구가 논의될 것이다. 그것이 문학적 상상력에 대해 완전한 철학을 세우려는 자에게는 필요불가결한 것이지만, 나는 이런 작업에 전혀 끌리지 않았다. 나는 이미지들을 가지고 할 일이 많았다. 내가 문학 이미지들을 가지고 창조적 상상력, 즉 글쓰기를 강요하고 문학 세계와의 경쟁을 강요하는 상상력의 충동을 따라간다는 생각이 들었다. 이렇게 해서 나는 세부적으로는 매우 간단하면서도 아주 특정한 지식 연마에 연루된 활동에 참여하게 되었다. 결국, 언어에 미치는 작용 속에서의 상상력, 다른 식으로 표현할 필요에 따라 끊임없이 능동적인 상상력을 쉬지 않고 연구해야 했다. 나는 문학 이미지들의 상상력과 함께 매우 편협하지만 아주 구체적인 문제─왜냐하면 그것이 갱신된 표현, 늘어난 표현, 결코 최종적이 아닌 표현들의 경계선, 바로 거기에 있었던 문제였으므로─에 매달렸다. 간단히 말하자면, 나에게 문학은 능동적인 상상력의 정해진 한 분야가 되었다. 씌어진 이미지들의 직접적인 심리 상태는 작가의 심리 상태를 전혀 고려하지 않고도 발전할 수 있었다. 나는 보들레르의 시들이 그 어머니의 아들에 의해, 또는 오피크 장군의 의붓아들에 의해 시적으로 씌어졌다고 믿게 하는, 시대에 걸맞지 않은 전기적 관습들을 던져버렸다. 시는, 그 자체로—시적 이미지 그 자체—내게는 특별한 연구 대상이 될 만한 심리적인 현상이었다. 그리고 상상력의 현상으로 간주된 시는 교감할 수 있는 현상이다. 상상하는 독자는 상상하는 것으로 살아가는 시인에게서 상상력의 충동을 받아들인다. 희귀하고 값진 현상 앞에서, 심리학자의 앙케트는 적당한 음조tonalité를 지녀야 한다. 심리학적 가치 영역들은 일반화된 심리학 영역이 아니다. 각 가치마다 특유의 심리 상태를 가지며 앙케트에 열광하면서 매우 구체적인 음조를 띠고 있다. 결코 지치지 않고, 결코 만족하지 않는 호기심을 생생하게 보존해주는 객관성을 띤 방법론이 시적 대상 앞에서 전개된다.

고전 심리학에서 상상력보다 더 막연하게 정의된 정신적 힘은 없다. 극도로 혼동하는 경우에는 상상력을 사라져버린 과거의 지각perception에 종속시키면서 '재생적 상상'과 혼합할 뿐아니라, 가장 환상적인 이미지들을 창조하는 이 상상력을 모든 정신의 창조적 활동에 연결시키고 삶의 과정에서 드러나는 모든 기발함에 결합시킨다. 사람들은 상상력을 학자에게, 정치가에게 부여한다. 또한 재정가에게 부여한다. 이렇게 전기 작가는 자신의 영웅을 방어하고 과장하기 위해 용이한 방법들을 찾아낸다. 그렇지만 상상력이라는 단어가 이처럼 널리 확장되어 쓰임으로써 구체적인 심리학 연구는 중단된다. 예를 들어, 심리학자가 어느 수학자의 '상상력'을 이야기하면서, 자신은 이성적 의식이 고안해내고 논리적으로 풀어가는 가치를 정의할 만한 적절한 용어를 모른다고 고백한다.

간략히 말하면, 사람들은 사고를 상상하지 않는다. 게다가 사고 영역에서 작업할 때는 이미지들을 쫓아내야 한다.[1]

사고 영역에서 창안하는 것과 이미지들을 상상하는 것은 완전히 다른 정신적 행위이다. 우리는 과거를 수정하지 않고는 사고를 창안하지 못한다. 수정을 거치면서 하나의 진정한 사고를 끌어내리라 기대해볼 수 있다. 원초적인 진리란 없고, 단지 원초적인 오류들만 있을 뿐이다. 과학적 사고는 오류로 점철된 기

---

[1] 응용 이성주의 철학에 관한 우리의 저서들에서, 이미지들에 대한 확신이 과학적 사고를 연구하는 학자들에게 초래하는 위험성을 항상 강조해왔다. 특히 『과학정신의 형성 : 객관적 지식의 정신분석에 대한 기여 *La Formation de l'esprit scientifique : Contribution à une psychanalyse de la connaissance objective*』, Vrin, 1938 참조.

나긴 과거를 가지고 있다. 시적 상상력, 그것에는 과거가 없다. 그것은 준비된 것을 모두 위반한다. 시적 이미지란 진정 말 parole의 한순간으로, 베르그송적 의식의 분리될 수 없는 연속성 상에 위치를 설정하려 할 때는 제대로 파악할 수 없는 순간이다. 시적 언어의 기습을 모두 받아들이기 위해서는 자신을 만화경적인 의식에 내맡겨야 한다. 나로 말하자면, 말하는 방법의 가볍고 섬세한 증가처럼 언어 안에서 언어에 의해 태어나는 상상력의 현상을 통합하려고 노력하면서, 고독한 연구자에게, 즉 조금씩 조금씩 독서가가 된 나 같은 사람에게 적합한 연구 계획을 가지고 있었다.

*

그렇지만 나는 내 삶을 이끌어가야 할 활동에서 그 어느 것도 뒤처지지 않기를 바랐으므로, 다시 말하자면 문학이나 정신분석학 쪽으로 우회했음에도 불구하고, 항상 나는 정도(正道)를 걷고 싶었다. 나는 탐욕스러우리만큼 항상 더 많은 개념 체계 구성을 알고 싶었고 또한 시적 상상력의 아름다움을 좋아했으므로 나의 연구생활을 거의 독립적인 두 부분, 즉 하나는 관념의 기호 아래, 다른 하나는 이미지의 기호 아래 놓인 것으로 완전히 분리하고 나서야 비로소 평온하게 연구할 수 있게 되었다. 분명 철학자의 두 반쪽은 결코 형이상학자 한 사람을 만들지 못할 것이다. 그렇지만 분야가 확장된 직업상 나는 교육용 저서뿐 아니라 혼자만의 시간을 즐기면서 저술하는 책도 써야만 했다. 나는 가르치면서 우리 시대의 과학적 사고가 지니고 있는 철학적 가치를 증명하려는 의도로 책을 써야 했다. 우리 시대의 과학적 사고가 보여주는 우수한 체계는 나에게, 철학사가들이 참조하는 부동의 이성주의에서 끌어낸 지식, 그러한 새로운 지식의 합리적인 일관성을 보장해주었다. 그러나 존재에 대해―게다가 그들 자신의 존재에 대해―명상하면서 모든 동위관계 coordination의 자동 연산자opérateur automatique, 즉 본유 (本有)인자facteur inné를 찾을 수 있다고 생각하는 철학가들에게 그 나름대로의 합리적인 동위관계로 생동하는 사고를 되풀이해서 말하는 것은 힘든 임무였다. 그것은 어쩌면 헛된 일이었는지도 모른다. 그렇지만, 합리주의는 그 어떤 명목으로도 이성의 존재론이 아니며, 결코 원초적인 철학도 아니다. 그것은 새로운 과학을 구축하려고 할 때, 즉 새로운 영역에 접근하는 경험을 정리하기 위해 필요한 체계를 세우려고 할 때 새로워지는 것이다.

능동적 합리주의란 모든 학식을 과학적 학식으로 전환시키면서 과학적 연구와 연합해야 한다고 확신하는만큼, 만약 내가 합리주의자로서 새로운 책을 써야 한다면 우리 시대의 한 과학 학파로 되돌아가야 할 것이다. 누구든지 오늘날의 과학활동의 테두리 밖에서 혼자서만 이성론자일 수는 없다. 합리성을 연구하는 자들과 함께 배워야 하는 것이다.[2] 선천적으로 합리주의자인 사람은 아무도 없다. 그 누구도 배우기 시작할 때부터 합리주의자는 아니다. 사람은 수많은 합리성 영역을 공부하면서, 경험주의의 범위 저 너머로 지적 향상을 전문화시키는 각 영역을 연구하면서 합리주의자가 되는 것이다.

내가 두 가지 삶을 영위할 수 있고 또한 영위해야 한다는 것을 깨달았을 때, 연구생활에서 모든 것이 좀더 잘되어갔다. 과학철학 교수로서의 소임을 다하기 위해서 나는 다른 이들, 즉 과학 분야에서 활발히 연구하고 있는 다른 모든 이들의 가르침을 따르면서 계속 배워야 했다. 그러나 내게는 고독에 빠질 권리, 나의 고독, 몽상의 고독, 내 몽상들의 고독에 빠질 권리도

---

2) 『응용 이성론 *Le Rationalisme appliqué*』 제3장 「이성론과 공동 이성론, 증거 연구자들의 연합Rationalisme et co-rationalisme, l'union des travailleurs de la preuve」, PUF, 1949 참조.

있었다. 이제 나는 이 몽상들이 어떻게 내 안에서 활동하는 몽상들이 되었는지, 몽상은 어떻게 내밀한 존재를 활동시키는지, 시인의 몽상은 어떻게 우리 안에 질서를 주는지 말하고자 한다. 하나의 이미지에 충실하고, 물에 충실하고, 새들의 비상에 대한 모든 몽상에 충실했던 길고 긴 몇 달 동안, 정신적으로 얼마나 많은 혜택을 받았는가! 나는 근육도 없는 늙은이다. 그런데 대장장이에 대한 시인들의 이미지를 수집했을 때, 근육을 선물받은 것이나 다름없는, 큰 혜택을 받지 않았던가!

그러나 이 모든 것은 더이상 존재하지 않는다. 철학자가 다시 등장했고 원소의 몽상가에게 문학적 상상력의 규칙을 만들어보라고 강요했다. 다음 단락에서는 나의 연구 구도에서 최근에 달라진 것에 대해 대략 알리는 것이 좋겠다.

*

전통적인 4원소와 연관된 물질적 이미지들의 몽상에 관한 나의 모든 책은 시작의 의미가 있는 책일 수 있었다. 앞서 가지고 있던 학식에 대해 별 걱정 없이, 이 여러 가지 책들은 각각의 연구된 이미지로 몽상의 시작을, 상상하는 것으로의 초대를 제시했다. 나는 그 책들 속에서 그 어떤 논증도 옹호하지 않았으며, 어떤 가정에서도 출발하지 않았고, 상상한다는 의식conscience d'imaginer에 감히 나 자신을 내맡기지 못한 채, 다만 새로운 이미지들의 경이로움 속에서 살고 싶었을 뿐이다.

그러나 최근『공간의 시학』과『몽상의 시학』에서 나는 새로운 가정, 심리적으로 능동적인 '시학'에 대한 가정을 심리학 연구에 도입할 수 있다고 믿었다. 이제 나는 이 책을 통해, 여전히 매우 협소하게 제한되어 있는 분야에서 언어시학을 그려보고 싶고, 시가 자립적 언어를 설정한다는 점을 밝히고 언어의 미학에 대해 말하는 것이 의의 있는 일임을 보여주고 싶다.

일반 미학 안에서 언어미학의 위치를 알맞게 설정하기 위해서는 언어미학이 화가나 조각가, 음악가들의 미학과 맺고 있는―우리가 그러할 것이라고 생각하는― 관계를 확정해야 할 것이다. 이미지라는 단어는 우리가 보고 그리는 이미지라는 의미에 단단히 뿌리를 내리고 있으므로, 이미지라는 단어가 문학적이라는 형용사와 접목되어 받아들이는 새로운 현실을 정복하기 위해서 우리는 많은 노력을 해야 할 것이다.[a]

---

a) 여기에서 '불의 시학'과 '피닉스의 시학'에 공통되는 서론 부분이 끝난다. 우리는 이 서론 끝부분의 두 가지 원고본을 연속해서, 우선 '불의 시학'의 서론 끝부분 그리고 이어 '피닉스의 시학'의 서론 끝부분의 순서로 싣기로 한다.

'불의 시학' 의 서론 끝부분

특수한 아름다움은 언어 안에서, 언어에 의해서, 언어를 위해서 생겨난다. 결국 문학적 상상력에 대한 체계적인 연구에는 우리의 문제 범위를 좁혀서 구체적으로 밝혀주었다는 장점이 있다. 우리는 진정, 제공된 상상력 앞에, 한 권의 책과 그 독자의 내밀함 같은 가장 단순한 내밀함 속에서 아주 단순하게 제공된 그러한 상상력 앞에 있는 것이다. 문학적 상상력은 문학가가 책을 좋아하는 친구에게 제공하는 미학적 대상이다. 시적 이미지는 새로운 말, 즉 새로워진 언어 속에서 한 영혼과 다른 영혼이 맺는 직접적인 관계로, 말하고 들으면서 행복해하는 두 존재의 접촉으로 특징지을 수 있다.

문학 이미지 — 우리는 이 말을 자주 반복할 것이다 — 는 소박해야 한다. 그러므로 그것은 일시적이라는, 심리적으로 덧없다는 영광을 누린다. 그것은 언어를 아름답게 하면서 새롭게 한다. 언어의 아름다움을 창조하는 행복을 누리지 못하는 우리는 시인들을 읽으면서 이런 언어의 미화에 참여하는 것이다.

그러므로 문학적 상상력의 가장 특수한 문제, 즉 시적 표현의 문제를 채택하는 것이 우리로서는 좋은 방법이었다. 불의 시적 이미지들을 고찰하면서 우리는 또하나의 행운을 얻는 셈이다. 왜냐하면 활활 타오르는 언어langage enflammé, 다시 말해 때로는 공격적인 미에 도달하기 위해서 장식하려는 의도volonté d'ornement를 초월하는 언어 연구로 들어가기 때문이다.[b] 타오르는 듯이 열정적인 담론에서는 항상 표현이 생각을 능가한다. 그것을 분석하면서 우리는 과도함의 심리를 끌어낼 것이다. 정신현상 전체가 극단적인 이미지들에 의해 이끌린다. 불의 이미

---

b) 이 단락의 난외에 적혀 있음.
뒷면 참조 표시 : "내가 피닉스에 관한 소책자로 만족할 것이라면 이 페이지는 수정해야 한다."
그리고 주의사항 : "만일 피닉스만 다룬다면 나는 이렇게 말할 것이다 : 우리는 이 소책자에서 극단적인 이미지를 집중적으로 다룰 것이다. 이 책은 '피닉스의 시학'이라고 불릴 것이다."

지들은 역동적인 작용을 하며, 역동적 상상력은 분명 정신현상의 역동성이다. 많은 문학 이미지를 채색하는 이런 지나친 장식은 우리가 명백히 밝혀내야 할 심리적 현실을 보여주고 있다.

이렇게 이미지가 풍부한 언어의 역동성과 구조에 대한 연구를 시작하고 문학 이미지들로 말parole을 독점하려는 의지를 연구하면서 뒤늦게 내가 알게 된 사실은, 문학 이미지란 그 고유의 직접적인 가치를 가지고 있으며, 그것은 단순히 생각을 표현하거나 잘 배합된 단어로 세심한 기쁨을 나타내는 방법이 아니라는 것이다. 이렇게 해서, 나는 시학이라는 기호 아래 쓴 최근 두 저서의 맥락으로 계속 연구하며 약간 새로운 각각의 문학 이미지에서 시적 존재론의 씨앗을 알아보게 되었다.

시적 이미지가 있으면 우리는 언어가 씌어지기를 원하는 순간을 포착할 수 있다. 글쓰기의 행복을 알 때는 거기에 몸과 마음, 손과 작품을 바쳐야 한다. 조르주 상드Georges Sand는 그 점을 잘 알고 다음과 같이 말했다. "글을 쓰면서 생각한다는 것은 아무런 가치가 없다. 생각과 말은 서로 탐탁지 않게 여긴다." [3] 글쓰기란, 이를테면 말 위로 불쑥 솟아오른 차원이다. 문학 이미지는 말해진 언어, 즉 의미에 종속된 언어 위로 올라온 진정한

---

3) 피에르 르불Pierre Reboul, 『렐리아 *Lélia*』, Garnier, 1960, XXIX쪽에서 재인용.

돌출부이다. 돌출부라고? 더군다나, 시적 가치는 판타지의 분출에 지나지 않는 것으로 여겨질 수 있는 초월성을 견고히 한다. 문학 이미지가 시적 가치로 인해 견고해지는 것을 체험하고, 유희적이었던 문학 이미지가 시적 이미지화할 때, 우리는 시란 언어의 세계la Poésie et un Règne du langage라는 것을 납득하게 된다. 시의 세계는 더이상 의미의 세계와 연속선 상에 있지 않다. 그것은 직업상 수수께끼를 푸는 정신분석학자들이 측정해야만 하는 기의와 기표의 동요 그 위에 형성되는 것이다. 때로는 시적 이미지가 의미를 왜곡시킨다. 초현실주의자들이 이러한 의미 변질을 보여주는 여러 예들을 제시했다. 바로 그런 점에서, 상상하는 자유를 일깨우기 위한 논쟁이 필요했던 것이다. 그런데, 시가 이제 자신의 수직성에 대한 권리를 획득한 이상, 단순히 언어가 공기같이 고양되기만 해도 우리에게는 이 자유가 제공된다.

우리가 이 이미지를 독특한 정신의 고양으로 수용하지 않는다거나 말의 존재의 변신métamorphose de l'être de la Parole으로 받아들이지 않는다면, 실제로 시적 이미지를 전달받지 못한다. 그러므로 시의 세계의 철학은 존재의 이중 상승―사물의 통상적 현실 너머로의 상승과 평범한 삶의 체험의 심리적 현실 너머로의 상승―을 암시해야 한다.

심리적이고 형이상학적인 그런 돌출부에 반대하는 비평은 쉬운 것이다. 우리 책 전체의 서론에서는 중대한 반론만 검토하도록 하자. 우리는 책을 써가면서 예문 차원에서도 좀더 미묘한 이의들을 언급할 것이다.

사람들은 우리가 일상 언어의 의무를 내던져버리는 세계, 즉 시의 세계를 언어에게 환기시킴으로써 결국 존재 바깥으로 두 번씩이나, 다시 말해서 세상의 존재 바깥으로 그리고 우리가 고유하게 체험한 것의 존재 바깥으로 도망가는 것이라고[c] 우리를 반박할 것이다. 사실 존재의 철학가들, '존재론'의 철학가들은 존재의 모든 방식에서 존재의 항구성을 너무 쉽게 납득한다. 그들은 존재에 대해 오리무중인 가운데서도 존재를 붙잡고 있다. 태어나자마자 그들은 존재한다. 그들에게 세상의 현실은 이 세상에 그들이 존재한다는 즉각적인 보증서이다. 그때부터, 말해진 모든 표현은 존재의, 그들 존재의 자연스런 음향의 메아리일 뿐이다. 존재의 철학가들은 세상을 말하고, 유일하고 동일한 언어로 그들의 존재를 이야기한다. 그래서 항상 존재, 한 존재, 여러 존재들은 말의 보증서이다. 말의 존재는 존재의 한 형태에 불과한 것이다. 말은 절대로 자율성을 지닐 수 없다. 그것은 늘 도

---

c) 난외 주의사항: "수정할 것, 과장되었음! …… 할 수 없지, 내가 처음은 아닐 테지."

구에 지나지 않는다. 조금 나아봤자 그것은 외침의 문명이다. 말의 존재 안에는 항상 말의 존재 이전의 존재가 있는 것이며 말은 '표현한다'. 그 표현의 존재는 단지 위임받은 한 존재, 즉 말하는 존재의 한 가지 '방식'에 불과한 것이다.

사실, 활활 타오르는 말들의 역동성—말의 온상에서 발생하는 시적 이미지들—조차 동작으로, 폭발을 통해서, 안정된 언어의 지지자들에게 응답한다. 삶의 과도함과 과장된 말들이 시적 이미지 안에서 타오르고 있다는 것을 느끼게 할 수 있다면, 우리는 존재 그 이상, 초월적 존재를 증진시키려는 거의 광적인 야심으로, 존재가 소멸되는 자유분방한 단어들의 중요한 온상인 뜨거운 언어 langage chaud에 대해 이야기하는 것이 의미 있는 일임을 조목조목 따져 증명할 수 있을 것이다.

*

이 머리말에서 우리는 불의 이미지들에 관해 새로운 책을 다시 쓰게 된 모든 경위를 말하려고 했다. 철학적 진솔함이라는 의무감에서였다. 왜냐하면 상상력을 연구하는 과정에서 우리가 조사 방법을 바꿨기 때문이다. 방법을 바꾼다는 것은 때로는 스스로에게 배울 기회를 주는 것이다. 그러므로 우리는 시적 언어의 특수한 문제들을 집중적으로 검토하면서 본 연구를 진행하기로 한다.

각 장의 개요를 적어보겠다.

우리가 첫번째로 할 일은 더 많은 예들을 들면서 이미지들의 언어, 시인들의 언어가 언어의 세계를, 그것이 모든 교훈성을 포기하는만큼 더욱 강경한 언어의 세계를 확립한다는 점을 밝히는 것이다. 특히 '피닉스' '프로메테우스' '엠페도클레스' 의 세 장으로 구성된 책의 제1부에서 그 예를 보여줄 것이다.

제1장만 따로 읽어도, 이제 더이상 그 누구도 믿지 않고, 진정 그 어떤 경험도 나타내지 않는 전설들, 일상생활의 심리에서 타당한 그 어떤 토대도 발견할 수 없는 전설들, 그런 전설들이 우리 시대의 시학 속에서 강력한 생명을 유지하고 있다는 것을 이해할 수 있을 것이다. 피닉스는 이제 그 말의 진정한 의미에서 언어의 존재이며, 시적 언어의 존재이다. 피닉스는 단지 그것뿐이지만 또 그 모든 것이기도 하다. 그것은 책들의 존재이다. 그러므로 그것은 끊임없이 다시 태어난다. 그것은 항상 새로 치장하고 시적으로 다시 태어나는 것이다. 불의 시학 속에서 피닉스들은 수없이 많다. 불의 시인들을 아주 꼼꼼히 읽으면, 우리는

언제나 매혹적인 불새가 갑자기 나타나는 것을 볼 수 있다.

신화학자들이 과학적으로 연구한 전설과 신화들을 주시하면서, 우리는 그들이 자신의 연구에 쏟는 관심이 이 전설적인 이미지에 대한 시적 호기심에 의해 지속되는 것은 아닌지 자문해 볼 수 있을 것이다. 고고학자란 늘 어느 정도는 시인이다.

불의 시학에서는 프로메테우스들 역시 고대 이야기를 문학에서 끊임없이 새롭게 하고 있다. 시인들은 발명가를 재발명한다. 한 영웅의 심리를 분석할 때 우리는 객관적일 수 없다. 인간 그 이상의 면모를 서정적 정신현상의 찬란함처럼 말해야 한다. 우리는 이렇게 프로메테우스주의prométhéisme에서 드러나는 초인간성sur-humanité의 분출이 위대한 서정적 작품을 생산하기 위해 조화롭게 맞춰지는 것이 얼마나 드문 일인지 살펴볼 것이다. 프로메테우스주의의 관점에서 보면, 사상은 이미지를 능가하길 원한다. 불은 그 유용성으로 자기 존재를 증명하려 한다. 프로메테우스주의는 지성주의로 나타난다. 그렇지만 중요한 이미지들은 시초의 지배력을 잃지 않는다. 항상 어떻게 인간이, 초인간sur-homme이, 반신demi-dieu이, 제우스의 아들이 태양 원반 속으로 불을 찾으러 갔다가 그것을 훔칠 수 있었는지 설명해야 할 것이다. 그 의도를 보여주지만, 급히 만들어진 것이 분명한 한 문장이 이 해괴한 이야기를 요약해준다. 즉 프로메테우스가 인간에게 주기 위해 하늘의 불을 훔쳤다는 것이다. 이미지들을 꿈꾸고 자신의 몽상 한가운데에 중심 이미지를 놓는, 이미지에 의한 분석만이 허황된 이야기의 모난 부분을 둥글게 할 수 있다. 그 어두운 구멍이 작은 태양, 태양 원반이 되게 하기 위해서는 주형(鑄型)에 뾰족한 도구를 돌리면서 많이 꿈꿔야 한다. 그러면 빛으로 넘치는 도가니에서 불을 훔치게 된다.

불 또는 빛, 작업 또는 지식, 이 양극 사이에서 프로메테우스주의의 광대한 영역이 전개된다. 이 범위는 대단히 넓어 프로메테우스의 시학에서는 그 단일성을 전혀 찾을 수 없다.

우리는 불의 발명에 대한 생각과 그 이미지들의 콤플렉스를 풀어가보도록 하겠다.

제3장을 처음 볼 때는 단일성의 표징이 나타날 수 있다. 여기에서는 고독한 한 사람, 삶을 산 한 사람, 글을 쓴 한 철학자가 중심 이미지로 채택되었다. 그러나 에트나 화산 위의 엠페도클레스 이미지는 너무나 크고, 화산이 인간의 죽음에 기가 막힌 장대함을 부여하므로, 철학의 이런 '잡보기사(雜報記事)', 즉 철학자 엠페도클레스의 죽음은 죽음에 대한 한 편의 위대한 시가 되었다.

이미지 연구에서 사상들을 도식화하려고 방향을 잡는다면, 우리는 엠페도클레스로 반(反)프로메테우스Anti-Prométhée를 만들어보고 싶어질 것이다. 그러면 그는 무의 철학자, 허무의 철학자, 세상의 죽음의 상징이 될 것이다. 엠페도클레스는 연기가 되어 날아가버리는 프로메테우스일 것이다.

그러나 시학의 세계에서는 모든 것이 긍정적이 된다. 허무에는 이미지들이 없다. 허무란 관념에 불과하다. 오로지 이미지들, 시적 이미지들만이 파괴적인 순간을 불멸화시킬 수 있다. 소멸anéantissement의 미학은 엠페도클레스의 이미지에서 중요한 시적 이미지를 발견한다. 즉 그것은 미(美) 안에서의, 미를 위한 소멸인 것이다. 이 지고한 행위의 아름다움이 그 행위의 중대한 인과관계를 설명해준다.

우리는 횔덜린의 『엠페도클레스』에 많은 페이지를 할애하면서 드라마를 비극적 클라이맥스에, 최후의 찬가에 비교할 때는 그전의 드라마란 별 흥미가 없는 것임을 보여주려고 할 것이다. 드라마의 심리학이 찬가의 시학에 가리는 것이다. 심리학적 '설명'은 시간 낭비인 셈이다. 에트나 산정에서의 엠페도클레스의 죽음은 오로지 불의 시학에 속한다.

최근의 저서 『몽상의 시학』에서 우리는 몽상에 대해 연구하면서 아니무스와 아니마로 결정하여 그 변증법을 제안했다. 그렇지만 우리는 특히 몽상의 극단적인 이완 속에서, 아니마로서의 몽상들을 연구했다. 책 마지막 부분에서 아니무스로서의 몽상들을 다른 책에서 소개하겠다고 약속했다. 피닉스, 프로메테우스, 엠페도클레스라는 부제 아래 씌어진 이 세 장이 바로 아니무스로 씌어진 것이다. 피닉스, 프로메테우스, 엠페도클레스는 지배하는 존재들이다. 절대적인 아니무스의 이상형 속에서, 아니마의 온화함을 받아들이지 않는 아니무스의 힘의 의지에 몰두해야만 비로소 그들의 가치를 알 수 있는 것이다.

그러나 이 세 장의 아니무스의 특성을 더욱 증대시키는 것은 끊임없이 예를 보여주려는 우리 스스로의 의지이다. 우리는 앞에서 자주 상기한 논거, 즉 시란 언어의 세계라는 것을 증명하길 바란다. 시학은 이 언어의 세계를 확립해야 하고, 그것을 관념과 일치해야 하는 의무에서 벗어나게 하여, 의미에 종속되지 않는 독립적인 세계로 만들어야 한다.

그러나, 입증하면서 사는 것은 더이상 삶을 사는 것이 아니다. 삶은 순수하고 강인한 아니무스처럼 사는 것이다.

그런데 우리가 문학적 상상력에 대해 쓸 수 있는 마지막 저서가 될 이 책을 마치면서 아니마의 몽상들 그리고 아니무스와 아니마가 서로 그들의 행복을 교환하는 혼합된 몽상들을 포기한다면, 우리의 마음이 편치 않을 것이다. 그러므로 이 시론의 제2부에 '체험한 불'이라는 제목 아래 우리가 이전에 쓴 책들에서 이미 언급한 몽상들을 다시 다루고 있는 일련의 작은 장들을 모아 놓았다······[d]

우리는 이 시론의 제2부에 '체험한 불'이라는 개괄적인 제목 아래 모든 장을 모았다. 마지막 장에서는 이 제목의 타당성을 밝히는 데 중점을 둘 것이다. 이 정당화 작업은 반드시 필요하다. 왜냐하면 '체험'이라는 단어는 사실과는 달리 그리 분명한 것이 아니기 때문이다.[4]

---

d) 이 서론은 여기에서 끝난다. 우리는 따로 보관되어 있던 자료 중 '체험한 불' 항목에서 '체험'이라는 용어의 정당성에 대해 여러 차례 수정된 원고를 찾아냈다.

4) 가에탕 피콩Gaëtan Picon은 바로 '체험의 혼돈스런 음조tonalité confuse du vécu'에 대해 말한다(『독서의 용도 L'Usage de la lecture』, t. I, Mercure de France, 1960, 182쪽).

응용 현상학에서 반복되는 주제들 중 하나는 근본 의식에서 '체험한 경험들'을 결정하는 것이다. 사람들은 자기 스스로 경험하고 자신 안에서 체험하는 것에 대해서는 명확하게 안다는 이점이 있다고 생각한다. 그렇지만 체험의 의식을 이렇게 결정하는 것은 일반적으로 단 하나의 단어로 너무나 많은 것을 말하는 것이다. '체험'이란 단어는 다른 모든 경험이 그렇듯 끊임없이 분석으로 정제되어야 하는 경험을 지나치게 높이 평가한다.

우리 시대 철학자들의 펜대 아래에서 '체험'이란 단어는 일반적으로 권리를 주장하는 단어이다. 이 단어는, '체험'을 다루지 않고 쉬운 추상 놀이에 만족하는 자들이라고 우리가 조금은 성급하게 판단해버리는 철학자들에 대립하여 씌어졌다. 우리는 그들이 '사고'에 전념하기 위해서 '존재'를 삭제한다고 판단한다. 문제는 그리 단순해 보이지 않는다. 우리 자신이 빈번하게 실존주의의 의미에서[e] '체험'이란 단어를 사용하고 있으니 이 서론에서부터 우리 입장을 설명해야 한다.

사실 스쳐 지나가는 사건 속에서, 특별한 정신적 선택에 따라 느끼는 상대적인 강렬함 속에서, 사람들이 모든 삶을, 깊이 있는 모든 삶을 소중히 여긴다고 어떻게 믿을 것인가. 체험은 그것

---

e) 따로 보관되어 있던 1962년 3월자 주 : "언어 안에서, 언어에 의해서, 말을 위해서 사는 것, 그것이 나에게 가능한 유일한 실존주의이다."

이 재체험될 수 없다면 덧없음을 나타내는 표시를 지닌다. 그리고, 규율이 없는 것 중에 으뜸인 상상된 체험을 어떻게 체험과 융합하지 않겠는가? 인간적 체험, 인간 존재의 현실은 상상적인 것을 만드는 요인이다. 우리가 증명해야 할 것은, 삶의 시학이 삶을 사는 것은 바로 삶을 다시 살면서이며, 삶을 더 높이 평가하면서이고, 삶을 자연, 빈약하고 단조로운 자연과 분리시키면서이며, 사실에서 가치로 그리고 지고한 시의 행위로 넘어가면서이고, 내 개인적인 가치에서 시적인 것에 의한 가치 부여에 알맞은 같은 종류의 영혼들의 가치로 넘어가면서라는 사실이다.

게다가, 누가 자신의 삶을 살고 있으며 누가 본래의 삶의 풍부함과 다양함 속에서 그 삶을 살고 있는가? 본래의 삶은 우리 없이 우리 안에서 체험된다. 우리가 그 삶을 잘 산다면, 그와는 반대로 그것을 잘 표현하지 못한다. 그것을 너무 능숙하게 표현한다면, 그 삶을 더이상 살고 있는 것이 아니다. 우리 안에 삶이란 항상 파악할 수 있는 대상이 아니다. 그것은 저기 한 존재un être-là로 결정될 수 있는 존재의 단위가 아니다. 인간 존재란 존재들이 밀집해 있는 벌집이다. 존재의 꿀을 만들고 시적 삶의 본질을 만드는 것은 아련히 먼 생각들이며 광적인 이미지들이다. 한 사람의 삶에는 중심이 없다. 삶은 어느 주변에서 생동하는가? 그런데 삶은 무엇보다도 자신을 표현하면서 생동하는 것이니, 존재는 과연 어떤 이미지 부근에서, 어떤 시들 속에서 자신의 진정한 삶, 넘치는 생명을 찾아내는 것일까? 인간 존재는 결코 고정되어 있지 않고, 다른 이들이 그가 살고 있는 것을 보고 있는 시간에, 또 스스로 자신이 살고 있다고 다른 이들에게 말하는 시간에 살아 있는 것이 결코 아니며, 절대로 거기에 있는 것이 아니다. 우리는 삶을 파도에서 흘러나와 모든 존재를 존재의 일반적인 생성으로 데려가는 물줄기로 간주할 수는 없다. 우리는 자주, 아니 거의 항상, 소용돌이가 휘몰아치며 지나간 정체된 존재들이다. 우리 안에서 삶은 어느 방향으로 나아가고 있는가? 베르그송은 체험의 경험 속에서 시간 측정기란 쓸모없거나 혹은 속아넘기는 도구라는 것을 별 어려움 없이 보여주었다. 시간 측정기, 그것은 다른 이들의 시간이며, 우리의 체험 시간, 즉 지속durée을 측정할 수 없는 '다른 시간대'의 시간이다. 그렇지만 우리 자신은 잘 묶이지 않는 수많은 다른 시간들의 다발이 아닌가? 그렇다면 '시간들'은 우리의 체험 시간(지속)을 조절할 박자를 찾지 못한 채 우리 안에 가득한 것이다. 우리 존재의 역동성, 우리 존재의 다양한 역동력을 강한 필치로 나타내줄 시간은 어디에 있는가? 시간을 바꾸기 위해서는 이미지들만 바꾸면 된다. 불의 세계에서 우리는 여러 존재로 형성된 불덩어리이다. 우리에게 에너지와 생명을 주는 우리의 불 속에 중심 시간은 어디에 있는 것인가? 그것은 내일의 불을 따뜻하게 지탱해주는 재의 시간인가?

'피닉스의 시학'의 서론 끝부분

일반 미학 안에서 언어미학의 위치를 알맞게 설정하기 위해서는 언어미학이 화가나 조각가, 음악가들의 미학과 맺고 있는—우리가 그러할 것이라고 생각하는— 관계를 확정해야 할 것이다. 이미지라는 단어는 우리가 보고 그리는 이미지라는 의미에 단단히 뿌리를 내리고 있으므로, 이미지라는 단어가 문학적이라는 형용사와 접목되어 받아들이는 새로운 현실을 정복하기 위해서 우리는 많은 노력을 해야 할 것이다.*

---

* '불의 시학'과 '피닉스의 시학'에 공통되는 서론의 마지막 문단이다. 이 단락

우리는 감지될 수 있는 세계, 객관적 세계를 떠난다. 주관성을 되찾는 것이다. 객관적으로, 시적 이미지는 덧없다는 영광을 누린다. 환기된 감각들은 감수성이 예민한 존재 안에서 그 시적 이미지를 지탱하지 못한다. 우리는 여러 감각을 떠올리지만, 그것을 느끼지는 못한다. 간단히 말하면, 시적 이미지와 함께 우리는 구체적인 미학의 표현, 즉 대상을 창조하는 미학의 표현과는 공통점이 전혀 없는 미학의 세계로 들어가게 되는 것이다.

그래서 나는 진실로 시의 세계로 들어가기 위해서는 철학적 혁명이 필요하다고 생각했으며, 현상학이 우리에게 가르쳐주듯 객관성을 주관성으로 전복하려고 노력했다. 거만한 코미디일지 모르지만, 나는 내가 시인이 제공한 이미지들을 창조하는 주체라고, 그 이미지들의 작가라고 믿는 훈련을 했다. 그런데 현상학적 방법론은 내게 아름다운 이미지들을 창조하는 일을 근본 의식, 즉 개인의 의식에 다시 맡기라고 명령했다. 나는 진정으로 정신현상을 범미주의(汎美主義)의 관점에서 이해하고 싶었다. 그래서 시인들을 읽으면서 내가 멋진 삶 속에 있다고 느꼈다.

에 이어서 '피닉스의 시학' 서론이 계속된다. 앞의 각주 a) 참조.

멋진 삶 속이라는 것은 다시 말해 멋진 책읽기, 단어의 흐름 속에서 갑작스런 시적 돌출을 항상 주의 깊게 파악하는 책읽기에서라는 말이다.

현상학의 기본 규칙에 따라 크고 작은 돌출부를 모두 개인적으로 체험하려고 훈련하면서 나는 시적 언어가 말의 높이를 향해 열려 있다는 사실을 알게 되었다. 하나의 초월적 말sur-parole, 시적인 말은 초월성을 견고히 하기 위해서 오는 것이다. 만약에 시적으로 살 수 있고 또 근본적인 신념 속에서 시적 언어를 말할 수만 있다면 두 배로 사는 일일 것이다.

그러나, 바로 이 시적 언어의 수직적인 힘들에 관한 테마에 대해 우리는 이견을 제시할 것이다. 즉 우리는 시적 표현에 가치를 부여할 때 정신분석학을 엄격하게 적용하지 않는다. 이렇게 우리는 이 짧은 서문에서 환기시키고자 한 방법론들간의 마지막 갈등을[f] 다루게 된다.

---

f) 따로 보관되어 있던 주 : "서론에서, 나는 정신분석학자들과 나눈 논쟁의 입지를 좀더 잘 세워야 한다. 그것은 단순히 방법들간의 갈등 문제가 아니다. 정신분석학자들은 언어학적 해방에 다다를 수 없다. 그들은 여전히 기의와 기표의 양극 사이에 살고 있기 때문이다. 그들은 항상 이미지들에 의한 해방의 문턱 밑에서 망설인다."

*

언어의 심리학을 다루는 정신분석학자들의 몇몇 판단에 맞서 이 짧은 서문에서 내가 내세울 수 있다고 생각하는 이의들은 물론 정신분석학의 원칙을 겨냥한 것이 아니다. 나에게 프로이트의 저서들은 그 중요도를 떠나 관찰 방법을 완전히 개혁하지 않고는 심리학 연구를 시작할 수 없다고 우리를 설득하는 최초의 작품들이다. 언어에 새로운 가치를 삽입하는 것, 이 가치가 생각의 명확성이든 아름다운 이미지이든 재치 있는 말이든, 그것은 철학자가 정신현상의 미학에 그 역할을 표시해야 할 말의 출발들이다.

이제부터 나는 다만, 우선 프로이트의 후학들이 진정으로 언어미학을 다루는 것은 아니며, 다음으로 언어미학은 정신 건강에 도움이 된다는 사실을 보여주려고 한다.

나는 절대적 승화의 현실에 대한 논지를 전개하는 데 전념할 것이다. 파트리스 드 라 투르 뒤 팽[5]은 시인들은 '상승하면서 그들의 기초를 찾는다'라고 말한다. 이 기초란, 절대적인 승화

---

5) Patrice de la Tour du Pin, 『시 안에서의 칩거생활 *La vie recluse en poésie*』, Plon, 1938, 85쪽.

의 문턱 그 자체이다. 나는 이전의 저서들에서 이미 이 개념을 제시했다. 나는 이제 그것을 이 작은 책의 중심 논지로 삼고자 한다.

절대적인 이미지들, 즉 지나치게 열정적인 장식을 벗겨낸 이미지들이 있다. 그것들은 더이상 아무것도 승화시키지 않는다. 시적 정제가 성공적으로 이루어졌다. 시적 순수함에 다다른 것이다. 시의 정수에서 미세한 잔재는 모두 없어졌다. 그것은 위로, 자신만의 고유한 높이로 치솟는 언어의 확립으로, 정신분석학자는 고찰할 대상으로 생각조차 못 한 것이다. 정신분석학자에게 모든 이미지는 잘못 구상된 정신적 질료들matières psychiques, 또는 구상을 거부하는 질료들에 젖어 있는 것이다.

정신분석학자에게는 항상 움직임에 대한 저항이 있고, 표면 아래에 깊이가 있다. 정신분석학자는 깊이 들여다보고 자세히 본다. 그는 존재의 지하층에서 환히 바라보는 것이다. 그렇지만 그는 거기에서 높이에 대한 감각을, 정신적 수직성으로의 충동에 대한 민감성을 잃어버릴 위험이 있다. 정신분석학자에게 깊이는 안정이며 견고함이고 항구성이다. 정신분석학자에게는 튼튼한 안감 없이 장식된 의상이란 존재하지 않는다. 의상이 장식되면 될수록 안감은 튼튼하다. 그 안감은 복합체들의 견고한 천으로 재단된 것이다. 안감 조각의 알록달록한 무늬, 이런 것이

명석한 정신현상의 깊이 있는 개성이다.

그리하여 감춰진 심리학적 현실에 대한 설명이 시작된다. "당신은 너무 많이 드러낸다. 그러므로 감춘다." 이것이 정신분석학자가 자신의 환자에 반대하여 내뱉는 판단이다. 장식의 필요성, 치장의 의지, 치장의 즐거움이 드러나는 것이 말 자체에서일지라도 정신분석학자는 여전히 즐거운 말들의 대화 속으로 들어갈 줄도 핵심 취지를 찾아낼 줄도 모른다. 그는 치장된 언어를 모두 묶어서 비난한다. 표현으로 인해 뉘앙스가 늘어나고 표현이 뉘앙스에 뉘앙스를 줄 때, 정신분석학자는 거기에서 채색된 화면을, 미묘한 억압에 의해 설치된 화면을 보는 것이다. 교묘히 비밀스런 존재는 이처럼 통찰력이 예리한 정신분석학자의 시선에 대립된다. 오래 전부터 전해지는 바로는, 인간에게 말이 주어진 것이 자신의 생각을 감추기 위해서라는 것이다.

그러나 비밀 유지에 능숙한 생각이라는 시각에서 문제를 제기하는 것은 상상하는 말들의 풍성함을 고려하지 않는 것이다. 새로운 이미지들 안으로 슬며시 들어가버리는 것은 말의 당연한 운명이다.

일반적으로, 흥분해서 말하는 것은 정신분석학자가 보기에 좋지 않은 표시이다. 그는 말들의 풍성함을 '어루증logorrhée'과 같은 것으로 비난하기 위해서 정신병원의 어휘, 거친 표현을 사용한다. 그는 흥분해서 말하는 것은 무엇인가를 대체하는 흥분excitation substitutive이라고 쉽게 생각해버린다. 그는 정신현상이 받는 직접적인 유익함에 대해서는 결코 생각하지 않는다. 어쨌든, 정신분석학자에게 이 풍성함은 표면의 동요이다. 정신분석학자들은 더욱 깊은 심리적 인과관계에 대한 탐색의 길에 나선다.[g]

그때부터, 시적 언어의 몽상가, 완전한 언어의 몽상가에게 정신분석학자들은 언어학적으로 단일한 방향으로 인도된 심리학자로, 좀더 명확히 말하자면 반 정도만 수직화된 심리학자로 나타난다. 그들은 언어의 모든 수직적 풍부함을 알지 못하는 것이다. 그들은 언어에 정상의 가치들, 정상을 초월하는 가치들, 다시 말해서 시적 가치들을 포함시키는 것에 대해서는 생각지도 않으므로, 긍정적 수직성의 역동성, 즉 시인과 위대한 말꾼들을 매료시키는 역동성에 무관심하다. 이러한 시적인 말들의 폭발이 생의 도약élan vital의 표현이며, 생의 도약의 매우 인간적인

---

g) 따로 보관되어 있던 주 : "너무 역설적으로 보이겠지만, 정신분석 검사가 불충분하다고 느낀 것은 내가 예견치 않은 문학 이미지들을 검사하면서이다. 새로운 언어에 대한 도취 속에서, 본질적으로 새로운 이미지들을 향해 돌진하면서 시적으로만 말하려는 의지 속에서, 시인은 대다수의 독자들을, 즉 설명적 언어의 집단을 떠난다. 정신분석학자는 '설명'하기 위해서 이미지 그 아래를 찾으려 한다. 그는 그 위로 가려는 생각은 하지 않는다."

한 유형이라고 말한다면 그들은 놀랄 것이다. 언어에서의 생의 도약은 시 안에서 끊임없이 거듭난다. 그러므로 시인들을 읽으면 새로운 언어 안에서 살 수 있는 수많은 기회가 생긴다.

언어의 가장 직접적인 행위들 중 하나를, 상상하는 언어 속에서 발견해야 한다. 현상학자는 시적 이미지들의 풍부함 속에서 꿈을 꾸면서 정신분석학자와 교대할 수 있다. 어쩌면, 하나는 예전으로 돌아가고 다른 하나는 감시를 받지 않는 언어의 무모함을 담당하는, 하나는 깊이를 향하고 다른 하나는 높이를 향하는, 대립적인 두 방법론을 합치하는 이중방법론dimethode이 유용하게 동요시킬 것인데, 그 동요가 유용하다는 것은 그로 인해 충동과 영감, 밀어내는 것과 빨아들이는 것 사이의 연결고리가 발견되기 때문이다. 언제나 과거에 묶여 있어야 하고, 끊임없이 과거에서 분리되어야 한다.[h] 과거에 매여 있기 위해서는 기억을 사랑해야 한다. 과거에서 분리되기 위해서는 많이 상상해야 한다. 이렇게 모순되는 의무가 바로 언어를 생기 넘치게 하는 것이다.

그러므로 언어의 완전한 철학은 정신분석학과 현상학의 가르침을 접목해야 할 것이다. 그렇다면, 언어의 온갖 모험들이 질

---

h) 따로 보관되어 있던 주 : "잘 올라가기 위해서는 아주 깊은 저 아래에서부터 출발해야 한다. 잘 올라가기 위해서는 아주 깊은 저 아래를 잊어버려야 한다."

서정연해지고 모든 표현 방법과 재능이 마음껏 펼쳐지는 시학적 분석poético-analyse을 정신분석에 첨가해야 할 것이다.

표현하는 자에 대한 시학적 분석을 아주 세밀하게 전개시키기 위해서는 이제 더이상 정신분석학자들만 믿어서는 안 된다. 시인들을 읽고 시에 대한 사랑으로 자신의 매일매일을 표시하는 정신분석학자들은 매우 드물다. 시학적 분석은 상상하는 기쁨에 대한 매우 은밀하고 철저한 연구가 되어야 할 것이다. 각자는 자신에 대한 정신분석을 자신의 시학적 분석으로 시작할 것이다. 자가 정신분석은 나이가 들었을 때 하기 쉽다. 그런데 훌륭하고 열정적인 시학적 분석을 하려면 오히려 젊어야 할 것이다.

이렇게, 연구 방법에 대한 나의 고뇌를 보여주는 긴 이야기는 방법론에 대해 확실한 결론을 내리지 못한다. 연구를 하면 할수록, 나는 더욱 다양해진다. 존재의 통일성을 찾기 위해서는 한꺼번에 모든 연령대의 사람이 되어야 할 것이다.

*

적어도 이 책과 함께 우리는 구체적인 문제점과 마주할 수 있다고 생각한다. 단 하나의 이미지 주위에서 하나의 시학이 형성될 수 있다는 것을 증명해야 한다. 이러한 일을 해낸다면, 우리는 이전 책들에서도 자주 환기해온 것처럼 시란, 시학이란 진정한 언어의 세계임을 주장하는 일반 명제에 유리한 구체적인 논거를 가지게 될 것이다. 시적 언어를 일상용어로 설명하는 것은 특수한 가치들에 대한 무지를 드러내는 것이다. 시적 언어의 일관성에 민감해지려면 시의 세계로 들어가야 한다.

사실, 피닉스는 시 안에서, 시에 의해, 시를 위해, 끊임없이 살고 죽으며, 다시 태어난다. 그 시적 형태는 다양하고 새롭기 그지없다. 이러한 시인들의 피닉스들은 너무나 젊어, 시적으로 많이 치장되어 있으면 전통적 형태를 알아보기가 어렵다. 이 책에 나타나는 시적 피닉스들의 박물관이 펼쳐지기 위해서는 내가 다시 읽고 더 많이 읽으면 될 것이다. 그리고, 새로운 시인에게는 새로운 피닉스, 경이로운 불사조적 존재가 상응한다고 나는 확신한다. 피닉스는 때때로 겨우 명명되기만 하며, 때로는 은유의 찬란함 속에 자기 이름을 감춘다. 때로는 약간의 불사조적인 질료, 향료 두세 알갱이면 새잡이 그물 같은 이야기fable oiselée가 전개되기에 충분하다.

문학에서, 피닉스는 다시 태어난다

무에서

펜의 재에서

그 마지막 음절의 음향에서

시인이 오닉스에 운율을 맞출 필요가 있을 때처럼.[6)i)]

---

6) "그들의 오닉스를 헌사하는 매우 높은 그의 순수한 손톱들,

　　번뇌는, 오늘 자정, 지지한다, 횃불을 든 자여,

　　피닉스에 의해 불타버린 저녁의 많은 꿈을

　　재를 넣은 단지가 찬장 위에서, 빈 살롱에서

　　거두어들이지 않는 꿈을……"

(말라르메 Mallarmé, 『시 *Poésies*』, 미간행 시들을 포함한 완결판, Gallimard, 1940, 126쪽)

i) '피닉스의 시학' 구상 이전의 독서 노트 속에서 G.B.는 "의미 너머 저편에 있는 시"(난외 주)의 테마 전개를 위해서 X로 끝나는 소네트를 간직했다. 우리 는 그 테마의 반향을 '불의 시학'에서, 특히 서론에서 찾을 수 있다 : "시의 세 계는 더이상 의미의 세계와 연속선 상에 있지 않다. 그러므로 그것은 기표와 기 의의 동요 그 위에 형성된다……" 이 독서 노트는 다음과 같다. 매우 자주 인용 되는 아래 구절의 유명한 소네트를 1868년 카잘리스에게 보내면서 :

　　"울리는 공허함의 폐기된 골동품"

말라르메는 이렇게 적고 있다. "나는 말에 투사된 연구에서 이 소네트를 추출 한다. 그것에 대해 나도 한번 생각해보았다. 그것은 순서가 거꾸로 된 것이다. 내가 말하고자 하는 바는, 의미는, 의미가 있다면 말이다(그렇지만 나는 의미에 함축되어 있는 시의 함유량dose 덕분에, 그 반대 상황에 대해 위안받을 것이 다. 내게는 그렇게 여겨진다), 단어 자체의 내재적 환영mirage interne에 의해 환기된다는 것이다." 처음에 이 소네트 제목은 '그 자신에 대한 알레고리적 소 네트Sonnet allégorique de lui-même'였다. 이 제목은 다음과 같은 시적 표현 의 존재론을 강화하는 자기 자신에 대한 참조와 잘 부합되는 것이다. "어쨌든 아 무도 성찰하지 않으므로, 나는 이러한 소네트 주제를 선택했다"(앙리 몽도르

*

이렇게 현재, 피닉스는 문학의 한 존재이다. 그 사실을 수락하기 어려운 독자는 우리가 이 책 마지막 장에 모아놓은 피닉스의 박물관에 남아 있어야 한다. 그는 삶과 죽음의 무거운 변증법으로는 불사조적인 이미지들의 찬란함을 이해하기 어렵다는 것을 알게 되리라. 시인에게 피닉스는 미(美)의 도약이며, 시적인 세계 안에서의 탄생이다. 그리고 피닉스의 죽음은 오로지 새로운 탄생, 시적으로 더 멋있는 존재의 탄생을 준비하기 위해서만 있는 것이다. 그러므로 피닉스는 문학적 존재, 강도 높은 문학의 한 존재인 것이다.

그런데, 일찍이 사정이 달랐던가?

여기서 나는 책을 쓰는 사람으로서 마지막 고뇌에 이른다. 피닉스에 관한 책을 쓰기 위해서는 상당한 고증학적 지식을 가지고 있어야 할 것이다. 신화와 종교에 박식한 역사학자가 되어야 할 것이다. 이집트에 살고 동양에서 유래된 다양한 피닉스를 분류하는 법을 배울 수 있을 것이다. 나는 접할 수 있었던 모든 책을 열정적으로 읽었다. 나는 장 위보Jean Hubaux와 막심 르루아

Henri Mondor, 『말라르메의 생애 *Vie de Mallarmé*』, Gallimard, 1941, 267~268쪽에서 재인용).

Maxime Leroy의 책[7]과 칼 마틴 에스만Carl-Martin Edsman의 책『신성한 불 *Ignis divinus*』[8]에서 피닉스에 할애된 여러 장들을 주의 깊게 연구했다.

그런데 나는 순수한 역사성에 처박혀 있는 상징들을 정리하며 진행되는 이런 종류의 연구에 필요한 용기에 탄복하면서도, 머릿속에는 몇 가지 질문이 떠올랐다. 어떻게 고고학자들은 수많은 이미지의 해골더미 속에서 살 수 있을까? 역사가가 가지고 있는 전적으로 객관적인 관심은 신화적 이미지의 시적 특성을 다루는 구성요소를 포함시키지 않는 것일까? 시적인 충동을 완전히 억압하면서 이런 엄청난 사실의 객관적 특성을 포착할 수 있다고는 생각할 수 없었다. 자신이 발견한 것에 대해 대단히 기뻐하는 것을 보면 고고학자들은 시인이 아닐 수 없다. 고고학자들의 학식을 완전히 받아들일 정도의 소양이 없는 나로서는 현상학자로서의 관심을 가지고 있다. 즉 나는 그들의 관심에 흥

---

7) 장 위보와 막심 르루아,『그리스와 라틴 문학에 나타난 피닉스의 신화*Mythe du Phénix dans les littératures grecque et latine*』, 리에주 대학 문고, fasc, 82, 1939.

8) 칼 마틴 에스만,『신성한 불, 젊음과 불멸성의 수단으로서의 불―동화, 전설, 신화, 제례*Ignis divinus, Le feu comme moyen de rajeunissement et d'immortalité― contes, légendes, mythes et rites*』, Lund, C. W. K. Gleerup, 1949.

미를 느끼는 것이다.

어쨌든, 나는 깨어 있는 상상력과 함께 이런 고증학적 지식이 넘치는 책들을 읽었다. 책을 읽으면서 늘 내 불사조적인 상상력이 풍요로워지기를 갈망했다. 과거에서, 완전히 죽어버린 과거에서 오는 피닉스는 그 어느 것도 내게 중요하지 않은 것이 없었다.

*

그런데, 다양한 대상에 대한 논의를, 너무도 산재해 있는 관심을 약간 정리하기 위해서 이 시론의 개요를 간략히 적어보겠다.

제1장에서는, 신화에서 활동하는 이미지들과 시인들에 의해 점점 더 자유롭게 상상된 이미지들을 연결시키기를 원치도 않고 또 그렇게 할 수도 없이, 나는 처음 몇 페이지에 걸쳐 고고학적 작업에서 발견된 사상과 이미지들로 이루어진 약간 단순한 종합을 상기해볼 수 있었다. 새로운 이미지들로 인해 풍요로워진 것은 거의 없는 주해에서, 신속하고 단순한 표현들 속에서 어떻게 사람들이 여전히 고대의 이미지를 사용하고 있는지 살펴볼 것이다. 현대 시인들의 실제 행위에 비교하면 신화적 이미지들

에 대한 이런 부연 설명은 매우 무기력해 보일 것이다.

예비적인 제2장에서 우리는, 소심한 심리학자가 보기에 세상의 한순간을 표시하는 빛의 새에 대한 광적인 이미지를 정당화할 수 있는 이미지들의 구실을 현실 그 자체에서 찾으려고 시도할 것이다. 사람들은 그 새의 동물적인 존재를 믿었다. 조류학자들[9] 사이에 그 자리가 마련되었다. 나는 그 이름을 알기 전에 그것이 하늘을 날아다니는 것을 보았다고 고백할 것이다. 그러므로 나는 잠시, 경이로운 이미지들을 만들기 위해서는 항상 약간의 현실을 필요로 하는 부차적인 상상력의 연결을 따라갈 것이다.

마지막 장인 제3장에서야 나는 피닉스를 독특한 시학의 중심부에 제시할 것이다. 이번에는 역사가 그 영향력을 잃을 것이고

---

9) 피에르 블롱 뒤 망Pierre Belon du Mans의 『새들의 본성의 역사, 새들의 묘사와 자연적인 것에서 얻어낸 순진한 모습들 *L'histoire de la nature des oiseaux, avec leurs descriptions, et naïfs portraits retirés du naturel*』(Paris, 1555)은 아주 긍정적이다. 작가의 지적은 매우 정확하다. 다른 새들 사이에서 객관적인 자리를 차지하고 있는 피닉스에 관한 두 장 반 분량의 제XXXV장이 있다. 그런데, 피닉스는 알을 품는 독특한 방식을 가지고 있다. 작가들은 암컷이 알을 '수컷 등 위에 놓고, 암컷은 수컷 위에서 알을 품는다'고 말하고 있다고 블롱은 진술한다. 국립도서관이 소장하고 있는 책의 상태는 매우 양호하다. 그런데 피닉스에 할애된 페이지들은 더럽혀졌다. 아마도 이 경이로운 새에 대해 알고 싶어했던 독자들이 많았던 모양이다.

전통은 아무런 역할도 하지 못할 것이다. 오늘날의 피닉스들, 현대 시인들의 피닉스에겐 조상이 없다. 그것은 상징들의 허식을 질질 끌지 않는다. 그것은 낡은 개념들을 나타내지 않는다. 그것은 생기발랄한, 순수한 문학 이미지들이다. 이러한 이미지들은 초현실주의 혁명의 혜택을 입었다. 이런 이미지들이 본래의 초현실주의가 보여주는 탁월한 현실이다. 합리적인 문학비평가는 이런 이미지들이 너무 지나치다고 고발할 것이다. 그 비평가는 시적 언어가 이제는, 항구적인 초현실적 활동 덕분에, 온갖 과도함을 나타낼 권리가 있다는 것을 수용하지 않을 것이다. 우리 박물관의 여러 이미지들이 몇몇 주석들에 의해 조금이라도 불기운이 돋워졌다면, 그것은 새로운 초현실주의자가 수사학자들의 거대한 이성에 맞서 사용할 수 있는 불사조적인 폭탄이 될 것이다.

그렇지만 좀 덜 소란스런 논쟁에서 출발하기로 하자. 전통과 접촉을 시도해보자.

제1장
피닉스, 언어의 현상

> "말Verbe은 모든 존재를 초월하는데, 우선
> 말을 초월한다. 그것은 겁에 질려 떨고, 그리고
> 날아간다. 그래서 빈번히 우리는 그것을
> 탄생시킨 후에 그것에 더이상 도달하지 못한다."
> ― 피에르 장 주브, 『산문*Proses*』,
> 메르퀴르 드 프랑스, 1960, 14쪽

I

　피닉스 ― 광적인 이미지 ― 신화학자들이 연구하는 단순하고 구체적인 존재 피닉스, 그가 상상력의 현상학에 테마를 제공해 줄 수 있을까? 이 질문 앞에서 우리는 많이 망설였다. 상상력의 창조적 행위를 연구하기 위해서는 과거가 없는 이미지들, 우리 자신의 고유한 꿈에서 태어나는 이미지들을 탐구하는 것이 분명 더 합리적일 것이다. 더군다나 현상학자들은 이미지들에 대해서 현상학적 조사를 하려는 의도로, 자신이 밝혀보려는 심리적 현상을 자기 자신 속에서 다시 감수해야만 하니 말이다. 그렇지만, 경이로운 이미지가 일반적으로 꿈의 축을 따라 발생한다는 것을 증명할 수 있다면, 피닉스의 이미지가 언어 안에서 별 어려움 없이 살고 있다는 것을 보여줄 수 있다면, 피닉스가 시적 존재—승화된 언어의 승리—를 보존하고 가지게 되는, 또는 되찾는 구체적인 예들을 제시할 수 있다면, 우리는 어렵거나 절망적인 경우, 현상학이 비록 전통의 이미지들일지라도 그것과 함께 새로운 출발을 할 수 있도록 허용한다는 것을 증명할 수 있을 것이다.

무엇보다도 먼저, 고대 이미지에서, 경이로움이 규칙이라는 것은 놀라운 사실이다. 상상력은 단숨에 가공할 만한 존재를 찾아낸다. 피닉스는 바로 이중적 우화의 존재이다. 즉 그는 자신의 고유한 불로 타버리지만 또한 자신의 고유한 재에서 다시 태어나는 것이다. 자신이 상상하는 것을 더이상 믿지 않는 우리는 이런 이중의 기적을 체험하려고 시도해야 할 것이다. 사람들이 피닉스를 믿었던만큼, 알려진 대로 그를 알기 위해서는 어느 정도 믿어야 한다. 현상학자로서 나는 지나치게 경신하는 태도에 빠지지 않으려고 조심하며 믿기 어려운 이미지를 믿어야 하는 것이다. 시인들은 이미지들의 미묘한 다양성을 통해 전설적인 새를 살아 있게 하려는 우리를 도와줄 것이다. 바로 이미지의 시적 존재에 대한 지지를 보냄으로써 이러한 열정과 신중함이 융합될 수 있다. 이제 찬미한다는 것이 믿는다는 것을 대체한다. 사람들은 실제 존재를 믿는 것이 아니라 언어의 존재, 과장된 언어의 존재, 시적 존재를 믿는다. 시인이 상상한 피닉스와 함께 시적인 것의 순수한 세계pur Règne du Poétique로 들어간 것이다.

우리는 피닉스의 이미지가 본질적으로 말Verbe이 된 이미지, 다양한 메타포를 불러일으키는 이미지라는 것을 증명해야 한다. 알베르토 마르티니Alberto Martini처럼 화가는 불길이 치솟아오르는 둥지 위에서 불타는 피닉스를 보여주는 그림에 '사랑'이라는 제목을 붙일 수 있다.[1] 이 제목은 불타고 있는 새에게는 지나친 것이다. 화가들의 메타포는 지나치리만큼 빠른 속도로 과도기적인 사고를 건너뛴다. 시인들은 우리가 좀더 많이 꿈꾸도록 도와줄 것이다.

공상의 기능은 말parole에 의해 확장된다. 가공의 이미지는 말해지고 되풀이해서 말해져야 한다. 그리고 매번 다시 말할 때마다 한마디 말이 새로움을 가져와야 한다. 시각적 이미지는 순간적인 것에 지나지 않는다. 진정한 우화란 말해진 우화 ─ 낭독

---

1) 귀스타브 르네 오크Gustav René Hocke, 『미로로서의 세계 *Die Welt als Labyrinth*』, Hambourg, Rowohlt, 1957, 판화 n° 248.

된 것이 아니라 진실 속에서 열광적으로 외쳐진 우화이다. 간단히 말해서, 공상의 기능은 시적인 것의 세계에 속하는 것이다. 공상의 기능은 실현된 이미지들을 초월한다. 시인들의 피닉스는 불타는, 그리고 불타오르게 하는 말로 폭발한다. 그것은 메타포의 무한한 영역의 중심에 있다. 이러한 이미지가 상상력을 고요히 내버려둘 리 없다. 그것은 빛바랜 표현에서 끊임없이 다시 태어나 게으른 현상학자들을 계속 흔들어 깨우고 있다.

II

만일 내가 심리학 조사가라면, 갑자기 조사해야 할 다양한 정신현상이 운좋게도 나에게 주어진 것이라면, 나는 검사가들이 말하듯이 상상력 검사의 수단을 준비하려고 할 것이다. 불의 상상력 검사 중 하나는 단어들에 의한 공격, 이를테면 불새처럼 두 단어를 단순히 접근시킴으로써 공격하는 것이리라. 관념화된 질문들은 전혀 필요 없다. '이 표현으로 당신이 말하려는 게 무엇이오' 같은 질문을 덧붙일 필요도 없다. 두 단어, 이 거대한 두 단어가 부딪치기만 하면 말verbe은 곧 동요한다. 말parole은 이제 제약에서 벗어난다. 그것은 말하고 싶은 충동을 한껏

누리지도 못하고 문장을 완성해야 하던 습관에서 해방되는 것이다.

그러므로 상상력 검사는 항상 해방시키는 것이 되어야 할 것이다. 그렇지만 바로 그 때문에 그것은 실현시키기 어려운 해방의 문제다. 왜냐하면 모든 소통에서 의미의 언어가 과대평가를 받기 때문이다. 사람들은 잡다한 의미를 수용할 때조차도 '의미로' 질의하며 체계 없는 답변에조차 만족한다. 정신분석학자들은 한 단어가 정신현상의 깊은 곳에 미칠 수 있는 그 울림에 대해 잘 알고 있다. 그들은 억압된 기억을 드러내기 위해서 이런 기능적 쇼크를 사용한다. 그러나, 상상력 검사가들의 야심은 더 크다. 아마 지나치게 클지도 모른다(그런데 야심이 지나치게 크지 않다면 무엇이란 말인가?). 즉, 상상력 검사는 단지 뒤로뿐만 아니라 앞으로도 그 울림이 있어야 한다. 그것은 상상하는, 지나치게 상상하는 힘을 탐지하고 불새의 아름다움을 믿는―그러므로 그 실재를 믿는―정신현상을 탐지해야 하는 것이다. 상상계만이 언어에게 자신을 초월하는 법을 가르친다.

불새가 탄생하는 그 결합에 의해 더 큰 가치가 부여된 두 단어의 매듭에서 다양한 현실이 연합한다. 즉 날아다니는 불길, 폭풍우가 몰아치는 하룻밤에 검은 하늘을 가로지르는 섬광의 날개, 알록달록한 몇 마리 새들이 여름 하늘에서 찬란히 빛나는 것이다.

좀더 엄밀한 의미에서, 피닉스의 전통적 이미지에 매여 있는 이미지들을 고찰하기에 앞서 우리가 검토하려는 이 모든 이미지는 역동적 이미지들이다. 그것은 사실, 본질substance의 이미지들은 아니다. 우리의 불새들은 불의 본질을 나타내는 이미지들이 아니다. 그것은 신속함의 이미지들이다. 불새들은 불의 특성들이다.

섬광 또는 비상 같은 불의 특성들이 명상 속에서 뜻하지 않게 우리를 놀라게 할 때 그것은 우리 눈에 과장된 순간처럼 보인다. 이 특성들은 우주의 순간들이다. 그것은 우리에게 속한 고유한 것이 아니라 우리에게 주어진 것이다. 이 순간들은 기억을 표시하고, 몽상 속에 다시 오며, 그 순간들의 상상력의 역동성을 간직하고 있다. 바로 그것을 몽상의 피닉스들이라고 말할 수 있는 것이다.

III

근본적인 이미지를 연구하기에 앞서, 상상하기 위한 구실이 될 수 있는 것을 현실에서 찾아보기로 하자. 그리고 실제 체험한 몇몇 이미지들을 개인적인 방식으로 살펴보자.

내가 불새를 처음으로 본 것은 불새가 나의 강 속으로 뛰어들었을 때였다. 태양이 내리쬐는 날이었다. 유년기에 더욱 커 보이는 강, 하늘처럼 고요하고 아주 푸르른 강, 그 강의 이름이 바로 오브였다. 창공으로 쏘아올린 화살처럼 불새가 솟아오른다. 날카로운 외침은 어디에서 오는 것이었나? 빛의 새에게서 놀란 아이에게서, 아니면 고독한 아이에게서 오는 것이었나? 새는, 아주 빨리, 수면을 흔들며, 아마 그의 유일한 노획물이었을 물방울을 뿌리면서 하늘을 향해 다시 떠났다. 불로 달궈진 쇠처럼 푸른 물총새였다. 새는 사라졌고 꿈이 시작된다. 그 새는 나무들 저편 하늘 저 높은 곳에서 온 것이다! 이 불새는 태양 속에, 유월의 태양 속에 자기 둥지를 가지고 있지 않은가? 그런데 이토록 평화로운 물에 대한 얼마나 큰 침해이며 죄인가! 자연에서는 빨리 가버리는 모든 것이 범죄이다. 하늘에서 내려온 이 불길은 어째서 거울 같은 물에 살며시 자신을 비춰보러 오지 않는 것인가? 이렇게 멋진 존재가 어떻게 그토록 탐욕스러울 수 있는가? 물총새와 은빛 잉어의 결합이라니 얼마나 드라마틱한가! 이런 푸르름의 잔혹함이 한 어린아이의 세계관을 뒤흔들 수 있을까?

한 어린아이의 삶에서 일어나는 작은 사건은 그 어린아이의 세계의 사건이 아닌가. 그러니 곧 이 세계의 사건이 아니던가. 이러한 추억은 그것이 단일하다는 점에서 자연스러운 우주극 cosmodrame이다. 하나의 추억이 이렇게 우주극으로 상승할 수 있을 때는 그것이 역사의 한 점인지 아니면 하나의 전설의 출발점인지 알 수 없게 된다. 나의 물총새는 내 회상의 나라에서는 한 마리 피닉스이다.

신기한 일이 허무해져버렸을 때 경이로움은 우수로 바뀌었다. 더이상 어린아이가 아니었던 시절 나는 다시 한번 같은 강에서 그 물총새를 보았다. 예전과 마찬가지로 여름날 태양이 찬란히 빛나는 날 우리 둘이 있었다! 나는 책에서 읽은 전설들과 연결시키면서 이미지들을 늘리는 기쁨을 알고 있었다. 전설들은 세상의 아름다움을 표현하는 데 사용되는 것이며, 우리는 경이로운 이미지를 응시하면서 그 아름다움을 되찾아야 하는 것이다. 섬광을 발하는 새는 피닉스의 근본 이미지이다.

내가 여러 신화들 가운데 좋아했던 명성이 자자한 위대한 피닉스들은 일 년을 살고, 백 년을 산다. 그런데 나의 피닉스, 우리의 피닉스는 한순간만 머물 수 있었다. 그렇지만 행복의 절정을 상징하는 순간이니 굉장하지 않은가!

그후로 피닉스-물총새는 내 생애에 두 번 다시 찾아오지 않았다. 사실, 우리는 사는 동안 중요한 것은 거의 못 본다. 물총새를 본 사람은 백 명 중 하나나 될까? 혹시 날아다니는 모든 것을 겨냥하는 사냥꾼이 보았을까? 그렇지만 아주 정확히 겨냥하고 있는 그는 과연 보는 것일까? 망태기 속에 노획물을 집어넣은 사냥꾼이 여름날의 하늘이나 서늘한 강물을 기억할 수 있을까? 그가 어떻게 그 지극한 영광 속에서 죽음을 맞는 새를 생각하고 또 꿈꿀 수 있겠는가? 찬란함에서 유용함으로 넘어가면서 사냥꾼은 '멋진 깃털은 맛없는 고깃살을 감추고 있다'[2]는 식도락들의 격언을 떠올리기나 할까?

가까이에서 보는 것은 멀리서 꿈꾸는 것을 금지하는 것임을 다시 한번 확인하게 된다. 몽상가는 자신의 시야를 넓히고 멋진 대상이 있을 만한 세상을 보는 비율 속에서 본다. 그러므로 살아 있는 화살, 불새, 타는 듯한 이미지는 한 세계의 중심이다.

이제 영역을 바꾸기로 하자. 시인들에 대해 말해보자.

---

2) "사람들과 고양이들은 화려한 색깔의 물총새를 혐오스럽게 생각한다"(채프먼 핀처Chapman Pincher, 『동물세계의 비밀과 신비 *Secrets et mystères du monde animal*』, Stock, 1952, 150쪽).

IV

철학가의 고찰보다 몇몇 시들에 대한 우주적인 분석이 우리에게 희귀하고 간결한 이미지, 신속함을 보여주는 진정한 이미지의 가치를 더 잘 말해줄 것이다.

T. S. 엘리엇은 이 이미지를 빛의 순간으로 적고 있다.[3]

　물총새의 날개가 빛에 빛으로 화답하고 나서
　…… 빛은 고요하다.

고요하기 위해서는 무력감을 지배하는 고요함의 의식을 얻어야 한다. 맑은 물이 여름 태양 아래에서 졸고 있는 한, 빛은 그 창조 행위를 망각한다. 빛나는 화살의 강렬한 행위에 의해 물의 평평한 빛이 올려져 눈에 띈다. 시인은 이 능동적인 빛의 순간을 진정한 시간의 부조relief du temps로 느낀다. 엘리엇은 다음 두 행으로[4] 시를 끝맺는다.

---

3) T. S. 엘리엇, 『네 개의 사중주 Quatre Quatuors』, 피에르 레리스Pierre Leyris 역, Seuil, 1950, 26쪽.
4) 같은 책, 30쪽.

우스꽝스럽구나 슬프고 헛된 시간이여

이전과 이후로 펼쳐지니.

여기에서 우주적 시간은 하급의 시간temps subalterne, 생산하지 않고 이어지는 이 시간을 과장하는 것처럼 보인다. 시인은 파열의 순간을 인식하기 위해서 우주의 사건 차원으로 올라간다. 몽상의 게으름이 뒤흔들린다. 우리는 꿈을 꾸었다. 보아야 한다, 눈을 크게 뜨고 보아야 한다. 그렇지만 눈을 의심할 지경이어야 한다.

그렇다. 그날은, 대단한 하루, 피닉스의 하루, 전무후무한 하루였다. 모든 것이 우주 속에서 증가했다. 모든 것이 빛 속에서 증가했다.

그래서, 바로 그날, 시인은 시를 만들었다.

엘리엇의 물총새, 북극의 피닉스, 향료 없는 피닉스는 시인의 순간의 위대함을 보여주는 간결한 이미지이다. 이 이미지는 시간의 시학에서 중요한 문제인 순간의 시학을, 보여줘야 할 것이다.

엘리엇 같은 형이상학자 시인은 번개 같은 빛이 번득이는 불새의 사건을 꾸밈없이 시간의 부조로 포착할 수 있었다. 감수성이 예민한 한 작가는 자기 문장의 내밀함에까지 반론을 모으면서 상상력의 섬광 속에 살아 있는 불의 꽃, 날아다니는 불, 우리 시골의 피닉스, 물총새에 수많은 모순을 덧붙인다. 노앙의 부인은 베리 지방의 시골길에서 사생아 프랑수아와의 만남을 이렇게 이야기하고 있다. "나프로 가는 길, 그 길은 진창으로 빠져들어가면서까지 가야 할 만한 가치가 있는 그 어느 것으로도 인도하지 않으니, 사랑하는 독자들이여, 당신들 중 그 길을 지나가는 사람은 아무도 없겠지만, 그 길은 가장자리로 도랑이 나 있어 위험하다. 그곳, 진흙투성이의 물 속에는 동백꽃보다 더욱 희고 백합보다 향기가 짙으며 처녀의 옷보다 더 순수한, 세상에서 가장 아름다운 수련들이 진흙과 꽃 속에서 사는 도마뱀과 뱀들 틈에서 자라고 있다. 반면 물총새, 기슭의 이 빛나는 생존자는 수렁의 멋진 야생식물을 한 줄기 불로 무너뜨린다."[5] 이렇게 작가는 자신의 문학적 열광에 종지부를 찍기 위해 불새를 택했다. 사람들이 영국 시인의 간소함을 선호할 수도 있다. 그렇지만, 어쩌면 이 두 자료에 대해 심사숙고하면서 우리가 기꺼이 이미지의 범주라고 명명하려는 것을 확정할 수 있을 것이다. 이 양극 사이에서 지나치게 상상하는 것을 억제하는 상상력과 어떤 특정한 이미지로 떼어놓을 수 없는 상상력, 즉 수련과 새, 살아

---

5) 조르주 상드, 『프랑수아 르 샹피 *François le Champi*』 신판, 미셸 레비 Michel Lévy, 1858, 주해, 2쪽.

있는 꽃, 열정적인 꽃을 합치시킬 필요가 있는 상상력을 따라갈 것이다. 나는 이러한 양극적 상상력의 상황을 실현할 때 절제해야 되는지 또는 과장해야 되는지 논의하는 상상력의 리듬 분석을 알고 있다. 나는 두 운동에 모두 민감하다. 억제된 이미지가 억압의 표현이며, 풍부한 이미지는 과장을 나타내는 자동현상이 될 수 있음을 나는 잘 알고 있다. 그렇지만, 적어도 이 양극화 덕택에 나는 상상하는 자유를 되찾게 되었다. 기표와 기의를 조합할 필요가 없어졌다. 우리의 고찰은 현실과 상관없는 자립적인 상상력의 개념을 암시해줄 것이다. 사실, 우리는 조류학 책에 분명히 지적되어 있는 물총새, 세상에 존재하는 한 예를 택했다. 그렇지만 우리는 이미지의 두 운동, 그 어떤 공통점에도 얽매이지 않는, 상상하려는 욕구 두 가지를 확인한다. 물총새는 시간적 기능이 없는, 우주적 기능이 없는 새이다. 이미지의 두 가지 분출에서 그 새는 시간의 예외적인 존재, 우주의 예외적인 존재가 된 것이다. 엘리엇과 조르주 상드의 두 가지 문학 자료는 의미의 망상(妄想)을 잘 보여준다.

여기에서 강의 몽상가 마음속에 파랑새에 대한 몇몇 동화가 떠오를 수 있을 것이다. 그러나 이런 파랑새들은 불의 시학의 규칙을 감내하기에는 너무 약하다. 우리의 개인적인 피닉스의 이미지들을 우리보다 더 잘 지지하기 위해서는 독수리, 매, 콘

도르 등, 무엇이든지, 하늘을 산산조각 내는 천둥을 나르는 것을 보았어야 할 것이다. 많은 작가들은 전해내려오는 전설과 여행가들의 전설을 뒤섞으며, 날아다니는 중세의 동물 가운데 이런 커다란 새들 사이에 피닉스를 슬그머니 밀어넣고 있다. 먼 여행을 통해서 많이 본 자는 조금 상상할 뿐이다. 이후, 독서하는 과정에서 우리는 몽상의 존재들을 현실의 존재들 사이에 등록시킬 필요가 있다는 점에 유의할 것이다.

우리는 신화들이 전해주는 이야기의 객관성에 관한 연구는 멀리했다. 이런 연구는 우리보다 더 나은 연구원들이 해왔다. 그러나 자료에 대한 객관적 관점은 별개의 문제이며, 이 자료에서 받은 충동에 주체적으로 참여하는 것은 또다른 문제이다. 인내심을 요하는 지식 연마와 새로운 명상이 결합되어야 한다. 어쨌든, 당신이 피닉스에 대한 굉장한 이야기에서 울림을 받고 싶다면, 당신 안에서, 당신의 기억 속에서, 덧없는 날들의 당신의 몽상 속에서, 불새와 같은 이미지 종자를 찾아야 한다. 만약 이 종자가 당신에게 없다면, 당신은 신화학과 민속학의 거대한 영역을 단순히 박식한 사람으로서 지나가게 될 것이다. 당신은 많은 것을 배울 것이다. 그렇지만 많이 알수록 덜 믿게 될 것이다. 고고학자, 종교사가, 신화학자들에 의해 더욱더 증가하는 사실들이 고고학의 규범을 따라가며 당신을 점점 더 객관적으로 만들 것이다. 그러나 잘 분류된 많은 사실들과 함께 증가하는 이 객관성에 비례하여, 당신에게는 꿈들의 차원이 닫힐 위험이 있다. 그리하여 한 편의 시가 피닉스의 기호 아래 씌어져도 거기에서 우리는 신화의 모방만 볼 뿐이다. 그런데, 시들은 진실해야 한다. 인간적으로 진실되어야 한다. 잊혀진 피닉스들이 꿈들의 분위기에 다시 놓이고 태양 새의 경이로움 속에서 되찾아진다면 잊혀진 그들은 시의 아름다움 속에서 다시 태어날 수 있는 것이다. 그러므로 고고학이 제공한 자료들은 시적 상상력을 위한 실마리가 된다. 시인들은 학자들의 저서를 읽으며 개인적인 기쁨을 많이 누린다. 그들은 자신의 가장 환상적인 이미지들이 원시시대부터 가치 있는 이미지였다는 증거를 가지게 되는 것이다.[6]

---

6) 『그리스와 라틴 문학 속에 나타난 피닉스의 신화』(리에주 대학 도서관, 1939)라는 위보와 르루아의 중요한 책을 읽으면 우리는 다양하게 변장한 모습 속에서 피닉스의 원초적 이미지를 발견하게 된다. 예를 들어, 수페이지에 걸쳐서 독수리와 피닉스의 관계가 설명되고 있다. 창공의 왕인 독수리는 별 문제 없이 또하나의 다른 가치를 받아들인다. 가치를 꿈꾸는 모든 몽상가에게 꿰뚫는 시선의 불의 이미지는 독수리 눈 속에 있다. 교만한 인간은 맨 꼭대기에 올라앉은 새처럼 멀리, 똑바로 보기를 원한다. 그런데, 덧붙여진 작은 사실에 의해 독수리가 곧 피닉스임을 알게 되는 독서의 기쁨이란 얼마나 큰가! 이미지의 세부 항목으로 우리는 원시적인 상징이 활발히 활동하고 있음을 알아차린다. 예를 들면, 로마 군단의 독수리들에게는 향수를 뿌리고 향유를 발랐다. 그런데, 피닉스가 향기로운 새이며, 향기로운 불이라는 것을 어떻게 잊겠는가. 그러므로 독

고고학적 연구가 아득한 과거에서 발굴한 이미지들을 조금 믿는 것, 아주 조금만 믿는 것, 바로 그것이 믿기 어려운 이미지들에 대한 현상학적 검사를 특징짓는 뉘앙스이다. 새로운 이미지 앞에서 복구되는 이 현상학적 뉘앙스를 유지하기 위해서는 약간의 행운이 필요하다. 다른 한편으로는, 너무 많이 배우면, 말라르메의 표현대로 '소박함의 청량한 물'을 되찾기 어려워진다. 여기에서, 현상학자의 의무는 전통적인 이미지들의 소박함을 개인적인 소박함으로 변형하려고 한다. 환상적 이미지들은 원초적 소박함에서 고찰해야 하는 것이다. 그리고 그 방법론 덕택에 현상학이 초고의 단순함을 지니고 환상적인 이미지들 앞에 나타날 수 있는 것은 행운이다. 자연스러운 것과 인공적인 것, 체험된 이미지와 위조된 이미지를 구별하는 특권은 현상학적 조사가 행사할 일이다. 그러면 가공의 지식은 모두 멀리 떨어져나간다. 소박함의 중심은 진행방식에 나타난다. 그리하여 피닉스는 체험한 불의 자연적인 이미지들 중 하나이며 동시에 불의 시학을 촉진시킨다는 것을 발견하게 된다.

수리는 실제를 통해, 불사조의 상상적 가치를 증명해주는 것이다.

V

피닉스의 이미지를 때로는 햇빛 찬란한 여름날의 단순한 광경과 연관지으면서 있는 그대로 진솔하게 체험할 가능성에 대해 예비적으로 고찰해보았으니, 이제 전통의 이미지에 접근해 피닉스의 우주적 드라마에 참여해보도록 하자.

우선 피닉스가 우주의 존재임을 상기해보자. 그는 유일하다. 그는 독특하다. 그는 삶과 죽음의 마술적 순간들의 스승이며, 둥지와 장작더미의 중대한 이미지들의 기묘한 통합이다. 그는 자신의 장작더미가 불타오르는 최후의 순간에 최고의 영광에 도달한다. 이 지고한 이미지의 제목은 '죽음에 의한 승리'여야 할 것이다.

그런데, 어디에서 이런 의기양양한 죽음이 오는 것일까? 신화는 철학과 마찬가지로 나 또는 우주라는 하나의 관점에서 출발한다. 결정적인 변증법이 피닉스의 불길을 꿈꾸기 위해서 제공된다. 태양인가 또는 피닉스의 내밀한 실체인가? 새가 태양광선을 집중시키면서 불타오르는 것인가 아니면 새는 탐색을 준비하는 불꽃의 살아 있는 온상인가?

어떤 전설에서는 장작더미에 불을 붙이는 것이 태양이라고 한다. 새벽의 한 줄기 광선만으로도 화재가 일어난다. 포이보스의 머리카락 하나가 피닉스를 불타오르게 한다. 이렇게 피닉스는 하늘의 새이며 그의 삶과 죽음은 태양의 운명을 따른다. 피닉스의 운명은 태양 중심 주기이다. 그의 삶과 죽음이 창공의 기호들과 일치하는 것이다. 피닉스는 행성들의 진실을 말한다. 이 전설들의 축을 따라가면서 우리는 하늘의 현상들을 조직하고 생각하는 몽상들이 활동하고 있음을 느낀다. 피닉스는 작렬하는 죽음 속에서 하늘의 불이 된다. 그 증거들이 수세기에 걸쳐 피닉스의 삶에 연결된 천문학적 의미로 넘쳐나고 있다. 예를 들어, 어떤 전설들은 피닉스의 깃털이 '일 년의 날수만큼' 360개라고 구체적으로 전한다. 더욱 현대적인 몽상들은 다섯 개의 깃털을 첨가하며 수정하려 든다. 그러나 수를 세고 있는 몽상이라니, 이 얼마나 빈약한가!

우리가 피닉스의 존재를 가장 잘 꿈꿀 수 있는 것은 아주 내밀한 불의 극점을 향하는, 변증법의 또다른 줄기에서이다. 다시 말하자면, 우리는 체험한 불의 지나친 이미지에서 피닉스의 진정한 현상학적 의미, 즉 활활 타오르려는 불길 같은 욕망 속에서 근본 의식에 형성된 의미를 발견할 수 있는 것이다. 피닉스의 전설을 아주 진솔하게 상상하기 위해서 나는 항상 나 자신의 피닉스가 되어야 할 것이다!

어쩔 수 없이 참아낸 것이 아니라 스스로 원하는 불길의 이상

향 속에서 피닉스의 장작더미는 극단의 요람처럼, 죽음의 요람처럼, 모성적으로 준비되었다. 경이로운 새는 은은한 불과 강한 불의 향료들을 모은다. 단어의 몽상가인 나에게 '향료'는 비밀스런 온기를 간직한 단어다. 몽상가는 이미 향료의 온기에서 불에 대한 커다란 열정으로 기쁨을 누린다. 그의 향료 둥지 위에 앉아서 향기로운 식물들의 더미 위에서 불타고 있는 피닉스가 있어 우리는 향기의 신화를 구성하는 한 요소를 알아낸다. 향기는 스스로 신화를 준비한다. 향기가 최대한으로 집약되었을 때 폭발할 수 있는 결정적인 불이 향료 속에 잠자고 있다. 따라서, 향료마다 고유의 피닉스를 가지고 있는 것이다. 상상력의 변증법이 향료의 몽상들 속에서 열린다. 즉, 향료는 본질을 간직하거나 본질을 확장하는 것이다. 이러한 이중적 힘을 말하기 위해서는 '향기를 보존하다 그리고 향기를 내뿜다 embaumer et exbaumer'라는 두 단어가 필요할 것이다. 피닉스는 자신의 향료를 선택하면서 향기로운 무(無)를 준비하는 것이다. 그는 무화되는 정도에 따라 존재하는 향 encens의 존재이다.

　그러나, 몽상이 항상 지배적인 본질의 위안에 안주하는 것은 아니다. 몽상은 상황을 상상하길 원한다. 몽상은 생각한다. 생각한다고 믿는다. 몽상은 피닉스가 어떻게 불타오르는지 우리에게 말하려고 한다. 신화학자들은 불타오르기 위해서 날개를 퍼덕이는 피닉스가 나오는 텍스트들을 인용한다. 이 날갯짓은 내밀한 마찰이며, 이 마찰이 첫번째 온기라는 것을 상기해야 하는가? 첫번째 불티 너머에서 퍼덕이는 날개가 송풍기 역할을 하는가? 우리에게 이 놀라운 일을 설명할 수 있는 합리적인 근거가 많이 있는가?

　그렇지만 이미지들을 적합하게 규정하는 데 근거라는 개념보다 더 이상한 것은 없다. 이미지에서 원인을 찾는 것은 곧 이미지의 본질을 잃어버리는 것이며, 이미지의 즉각적인 정신적 덕을 체험하는 것을 놓치는 일이다. 이미지는 항상 사람들이 그것에 부여하는 원인보다 훨씬 더 특이하다. 그래서 최근 상상력에 관한 연구에서 우리는 정신분석학적 방법과는 거리가 먼 연구 방법을 채택하였다. 체험의 독특함을 알기 위해서는 그것을 비교 측정 수준에 종속시키지 말아야 한다. 정신분석이 이미지에 대해 찾는 인과관계는 '무거운' 인과관계이다. 그것은 감탄해 마지않은 우리의 도약과는 멀리 저 뒤에 우리를 내버려둔다. 현상학은 우리로 하여금 그 섬세함의 매력에 이끌려 이미지를 체험하도록 한다. 이미지의 세부사항은 시적인 것의 이치 속에서 확장되어 커간다. 시적인 것의 의미를 확대하는 행위에서는 모든 것이 바뀐다. 이미지의 세부사항은 상상력의 시간성tempo-ralité을 바꾼다. 피닉스가 날개를 퍼덕이고 있다고 전설 한 토

막이 전한다. 그것은 불의 행위 이전인가, 행위중인가 또는 그 후인가? 존재가 연소되는 이 숭고한 지점에는 시간성이 더이상 존재하지 않는다. 둥지 위에서 날개를 퍼덕이는 피닉스는 이미 불의 날개이며 날아가는 불이다. 그는 날아다니는 불길이며 불을 크게 일으키는 한 줄기 바람이다. 우리가 몽상에 아주 깊이 빠지면, 불에 날개가 있으며, 태양 아래 날개는 생동하는 불길임을 확신하게 된다. 전설에는 불을 불연소성의 것으로, 스스로에게 저항하는 것으로 제시하는 이미지가 많다. 자기 자신의 에너지에 저항하는 것, 자신 안에 반(反)불contre-feu을 갖는 것, 이것이 불의 날개의 존재이다. 은유가 좁아지고 도치된다. 시적 이미지들의 매듭이 시적인 것의 현실이 된다.

앞서 지적했듯이, 피닉스처럼 특별한 신화 이야기를 간략하게나마 요약하는 것이 우리에게 중요한 일은 아니다. 그런데, 그것이 신화이긴 한가? 마리 델쿠르Marie Delcourt는 "피닉스는 전설이라기보다는 차라리 이미지이다"[7]라고 말하지 않는가? 피닉스는 신화적 이미지라고 해도 과언이 아니다. 이 신화적 이미지는 더욱 복잡한 신화에 개입한다. 이러한 이미지의 영

---

7) 마리 델쿠르, 『자웅동체, 고대 문헌에 나타난 양성의 신화와 제례 *Hermaphrodite, Mythes et rites de la Bisexualité dans l'Antiquité classique*』, PUF, 1958, 55쪽.

향들이 나타나 있는 흔적을 따라가려면 신화학자의 해박한 지식을 능가해야 한다. 앞에서 우리는 전통에서 빌려온 몇몇 특징들을 인용하면서 우리를 사로잡고 있는 문제, 본질적으로 문학적인 문제에 대비하려고 했다. 즉 피닉스의 시학이 전개되려면 전통적인 모습이 필요한가, 더 일반적으로, 전설들의 시적 힘을 배양시키기 위해서는 전설의 이야기가 필요한가 등의 문제에 대비했다. 이제 우리의 목표는 매우 분명하다. 우리는 피닉스가 불의 시학의 거의 자연적인 이미지라는 사실을 보여주고자 한다.

신념 없이 전통을 사용하는 이야기는 빈약한 패러디에 불과할 것이다. 볼테르가 페이지 분량만큼이나 피닉스의 전설을 풀이해놓은 「바빌론의 공주」를 누가 다시 읽을 수 있겠는가? 볼테르는 피닉스를 공주의 연인들에게 조언하며 농담하는 새로 만들고 있다. 어느 구혼자가 그 새를 죽인다. 그런데 새는 죽기 전에 장례 절차에 대해 유언을 한다. 그래서 공주는 새의 재를 놓을 향기로운 침대를 준비한다. "그녀의 아름다운 손이 계피와 정향의 장작더미를 쌓아올린다. 이 장작더미 위에 새의 재를 뿌리고 난 공주는 새가 자기 스스로 불타오르는 것을 보았으니, 이 얼마나 놀라운 일인가! 모든 것이 곧바로 연소되었다. 재를 놓았던 자리에는 커다란 알만 남았고, 공주는 이전의 그 어느 때보다도 훨씬 더 빛나는 새가 그 알에서 나오는 것을 보았다.

그것은 공주가 전 생애를 통틀어 느낀 가장 아름다운 순간이었다." [8]

상류사회에서의 피닉스, 동방의 왕궁에 섞인 새들의 왕, 예쁜 처녀의 행복을 돕는 생동하는 이 호부(護符)는 공주에게 보호자 또는 유모로서 말하면서 볼테르의 이야기 — 장르의 잡다한 혼합 — 속에서 때때로 자신의 우의적인 가치를 되찾는다. 그 새는 우주적인 부활의 상징이다. 애벌레가 나비로 변하고, 매장된 모든 동물이 풀로 다시 태어나며, 땅 속에 묻힌 살들은 사료에 지나지 않는 것이다. 피닉스는 다른 이들의 '재'에서부터가 아니라, 자기 자신 안에서 다시 태어나는 특권을 가지고 있다.

그리고 볼테르의 피닉스는 새이기 때문에 긴 여행에 도움이 된다. 볼테르는 공주가 빨리 달리거나 높이 날 수 있도록 피닉스가 동반하는, 함께 매인 그리폰들을 이용하게 한다. 그리고 피닉스는 온 사방으로 대륙을 횡단한다. 메소포타미아에서 중국으로, 중국에서 영국으로 이 이야기를 옮겨가는 데 편리한 방법이다. 사람들은 풍속을 연구하기 위해 여행을 할 것이다. 볼테르의 피닉스는 기자에 불과하다.

---

8) 「바빌론의 공주La Princesse de Babylone」, 『볼테르 선집 *Œuvres choisies de Voltaire*』, 조르주 방게스코Georges Bengesco 편찬, 소설, t. III, Librairie des Bibliophiles, 1888, 148쪽.

재미없는 이 이야기의 마지막 세 페이지에서 볼테르는 그의 재에서 다시 태어난다. 볼테르가 파리에 있고, 볼테르는 자신이 살고 있는 시대에, 당대의 권력가에 대응한다. 그러니 그는 얼마나 굉장한 오만함으로 검열가에 대항하여 화살을 쏘고 있는 셈인가!

많은 경우에, 유쾌한 어조는 이미지를 무미건조하게 하므로 아이러니를 끼워넣기는 항상 어렵다. 아이러니를 표면으로만 나타내면서 그것이 이면에서 활동하도록 하려면 극도의 예술이 필요하다. 볼테르의 피닉스가 보여주는 아이러니에는 울림이 없다. 그렇지만 시적 특징이 모든 것에 다시 활기를 불어넣을 수 있다. 시라노 드 베르주락의 피닉스는 패러디 기교에서 벗어난다. 그것은 시적 찬란함을 보여주는 '경이로운 새'이다. 태양의 나라에 새들의 민족이 살고 있다. 이 환상적인 여행에서 시라노를 교육시키는 새가 그에게 말한다. "나는 당신들이 내가 누구인지 알고 싶어한다는 점을 잘 알겠습니다. 당신들끼리 피닉스라고 부르는 것이 바로 나입니다. 세상마다 한 번에 하나밖에 없는데, 피닉스는 백 년 동안 거기에서 삽니다. 1세기 후에 아라비아의 어느 산 위에서 종려나무, 알로에, 계피, 향에서 재료를 추려 만든 그의 장작 숯 한가운데 커다란 알을 낳고 나면, 새는 도약하고, 오랫동안 갈망해온 조국과도 같은 태양을 향해 비상하기 때문입니다. 새는 예전에도 이 여행을 위해 온갖 노력을 기울였지만, 껍데기가 너무나 두꺼워 부화시키려면 한 세기가 필요한 알의 무게 때문에 늘 이 계획이 늦춰진 것입니다. 당신이 이 기적적인 생산을 감지하는 데는 어려움이 있으리라 생각합니다. 그래서 내가 당신들에게 그것을 설명하려고 합니다. 피닉스는 자웅동체이지만 그중에서도 굉장히 놀라운 또다른 피닉스입니다. 왜냐하면……" [9)]

이 '왜냐하면'에서 설명이 멈춘다. 놀라운 일을 설명하는 가장 좋은 방법은 그 놀라운 일에 놀라운 것을 보태는 것임을 시라노는 잘 알고 있다.

훌륭한 이 이야기꾼은 피닉스의 전설을 상기시키면서 그토록 새로운 환상으로 생동감 넘치는 자신의 이야기에 전통성을 부여하고 싶어한다. 그는 독자에게 이렇게 말하는 것 같다. "내 여행을 믿으려고 하지 않는 당신은 아주 옛날, 사람들이 피닉스가 태양의 나라의 존재라고 믿었다는 것을 잊어버렸소?" 새들, 모든 새는 그들의 존재 안에 불을 가지고 있다. 그러므로 "자연은 새들에게 이곳까지 날아오려는 은밀한 욕망을", 불로 된 모든 존재의 조국이며 불의 유성인 태양에서 살기 위해 충분히 높

---

9) 시라노 드 베르주락Cyrano de Bergerac, 『다른 세상 *L'autre monde*』, Stock, 1947, 253쪽.

이 날고자 하는 욕망을 "새겨놓은 것이다". 더할 나위 없는 불의 인간인 시라노는 태양의 아들이기를 꿈꿨다. 그는 볼테르와는 반대로 피닉스를 꿈꿨다.[a]

페이지 한가운데 피닉스라는 단어를 내던지는 문학 행위는 근거 없어 보인다. 그렇지만 환상적인 이미지는 유럽 문화에서 너무나 자연스러운 것이므로 결국에는 긍정적인 심리적 기능을 받아들인다. 이러한 점은 존 카우퍼 포이스John Cowper Powys 의 수작 『바다의 모래』에 잘 나타나 있다. 포이스는 사고하는 생각과 상상하는 이미지의 경계에 단어 피닉스를 탐지기처럼 정확히 끼워넣는다.

사실 두 '입원 환자'가 요양소를 빠져나간다. 한 사람은 정신이 궁핍한 자이며, 다른 한 사람은 자신의 광기를 예언자적 정신의 높이로 끌어올려놓았다. 요양소의 문이 열리는 순간, 자유의 그 순간에 그 '예언자'는 포이스의 말대로 "피닉스라는 망상을 떨쳐버릴 수"[10] 없었던 것이다.

---

a) 이후의 페이지들에서 주석이 붙은 텍스트는 G. B.의 필사본에 상응하는 페이지 번호가 없었기 때문에 어쩔 수 없이 다음 순서를 따랐다.

10) 존 카우퍼 포이스, 『바다의 모래 Les Sables de la mer』, 마리 카나바지아Marie Canavaggia 역, 장 발Jean Wahl, 서문, Plon, 1958, 454쪽.

포이스는 문학 창작에 대하여 값진 고백을 하고 무의식이 이미지들로 형성된 그 과거에 대해 가지고 있는 애착에 관하여 심오한 견해를 덧붙이면서 이렇게 쓰고 있다. "고전적이며 성서적이고 중세적인 이 낡은 호칭들은 이 세상에서 얼마나 불안한 상태로 남아 있었는가! 자가 환각auto-hallucination이 없어 고심하는 사람들이 언제든지 끌어낼 수 있는 고갈되지 않는 가면들의 저장소…… 우리가 조금만 진지하게 생각해보면 미친 자들이 스스로에게 부여하는 유명한 이름들이란 이상한 것이다. 움푹 팬 은빛 환영들, 고대의 이 음절들은 그것들이 파악될 때까지 물결치는 대로 떠다녀야 하는 운명인 듯하다…… 아둔한 익명의 사람들이 드러내는 비극적인 초라함을 덮어버리기 위해서 피닉스란 단어의 마술적인 음절들이 그랬듯이."

포이스의 이 페이지에서 몽상을 유발하는 것은 단어, 오직 한 단어, 피닉스라는 단어이다. 텅 빈 머릿속에 음절들이 그 음절만으로 어떤 단어를, 아주 오래된 단어, 오늘날의 삶 속에 어떤 버팀목도 없는, 생각지도 않던 단어를 형성하러 오는 그러한 시간을 그 누가 모르겠는가! 우리 안에는 꿈꾸고 있는 단어들이 있다! 포이스의 피닉스는 어느 세계에 속하는가? 헛된 언어가 작성되는 표현의 세계에 속하는가 아니면 교양으로 쌓은 기억들을 자연의 이미지들과 합치시키는 무의식의 세계에 속하는

가? 포이스의 책에는 우주의 시와 심오한 심리학의 이중적 깊이가 있다. 포이스의 피닉스는 각각의 인물에게 적당한 광기의 차별성을 가져다주면서 심리학자 시인에게, 정신적인 창조자 시인에게 강한 인상을 남긴 자유로운 이미지로 받아들여야 한다.

그러나 모든 이미지는 그것을 받아들이는 정신의 척도만큼 작용한다. 광적인 '선지자'의 피닉스가 상상력으로 도취된 차원에 있는 반면, 빈곤한 정신의 피닉스는 즉각적인, 거의 만질 수 있는 현실이다. 이 빈곤한 정신의 소유자가 양식이 있을 때는 박제사 일을 했다. 조지 프로티George Protty는 "독감에 걸려 몇 주 동안 정신착란에 빠졌다가 몸은 완쾌되었지만 정신에 치명적인 상처를 입고 난 후, 그 분야에서는 능수능란해졌다. 그는 고고학자 루들로M. Ludlow에게 '원하신다면 피닉스를 박제해드릴 수 있습니다'라고 말했다. 그리고 절대로 박제할 수 없었던 이 희귀하고도 유일한 새의 깃털 아래에서 조지 프로티는 지옥의 박물관으로 들어간 것이었다."[11] 포이스는 여전히 이미지의 사실주의를 강조하고 있다. 그의 광인, 빈곤한 정신의 소유자는 화로에 접근한다. 그의 옷이 타기 시작한다. 그가 팔을 흔들고 그 팔은 날개처럼 돌아간다. "이 불쌍한 사람이 끊임

---

11) 같은 책, 455~456쪽.

없이 내뱉는 애절하고 야릇한 소리는 그의 조류학적 뇌에 따라, 죽을 위험에 처한 커다란 새의 비통한 울음소리를 거의 비슷하게 모방한다." [12]

이와 같이 포이스의 텍스트에서 피닉스는 먼저 문화적 요소들에 반향을 일으키는 음향 속에서, 그런 다음 자신의 직업에 그 어떤 한계도 허락하지 않는 장인artisan의 허풍 속에서 다루어졌다. 대단한 몽상가인 포이스는 우리에게 이미지의 과도함을 두 가지 다른 의미에서 제공하는 것이다. 피닉스의 이미지는 때때로 그 내용물이 없는 빈 것이 되고, 때로는 박제사의 인위성으로 왜곡된다. 작가는 그 어떤 신화 자료에도 의존하지 않고, 우리를 이미지들의 몽상가 또는 더 단순히 단어들의 몽상가의 자가 환각에서 탄생하는 신화, 일종의 자연 신화와 대면하게 한다.

이 모든 것이 사실인가? 임상적 관찰인가? 정신과 의사는 이렇게 질문할 것이다. 시적 상상력의 철학자인 우리에게 이 모든 것은 사실이다. 왜냐하면 그것은 씌어졌으므로, 왜냐하면 위대한 작가가 있어서 피닉스를 상상하고, 그것에게 씌어진 것의 품격을 부여했으며, 긴장된 심리적 사건을 다룬 이야기에, 극도의

---

12) 같은 책, 462쪽.

긴장감이 있는 드라마틱한 심리 구성에 그것을 삽입했기 때문이다. 상상력을 연구하는 자에게는 포이스와 같은 위대한 작가의 '임상 진단'이 정신병학 임상 진단보다 더 많은 의미와 더 많은 무게와 더 많은 심리적 현실성을 지니는 것이다. 어떻게 보면, 작가를 통해서 우리는 단순한 관찰로 이루어지는 즉흥곡 같은 것에서 해방된, 연관된 임상 진단clinique liée과 대면하고 있는 것이라 하겠다. 그리고 바로 그 드라마틱한 흥미, 한 예술작품 속에서 능란하게 처리된 재미에 의해 흥이 돋워진 감추어진 드라마를 보장받게 되는 것이다. 그러면 일반적인 임상 진단에 의해 전달된 광기의 주문이 제압된다. 하나의 광적인 이미지—한 광기의 씨앗—는 작가에게서 가장 아득한 정신적 울림을 받는다. 『바다의 모래』는 현실과 상상된 것을 동일시하는 위대한 작품이다. 모든 독자는 여기에서 정신현상을 상상하는 한 작가의 힘에 경탄할 것이다.

그리하여 우리는 독서를 숭배하는 마음을 한 번 더 고백한다.

사람들은 분명 포이스의 작품에서 피닉스의 이미지들은 순수한 시적 음조를 가지고 있지 않다고, 그것들은 '대단한' 것이 아니라고 반박할 것이다. 작가는 이미지에 대해 두 가지 심리적 해석을 부여하는 것으로 만족했다. 시인들은 일반적으로 거꾸로 해석한다. 그들은 꿈의 섬광 속에서 삶을 찬미한다. 사실, 상상력의 철학은 이 이중의 해석 문제, 즉 심리적 현실을 상상적 열망으로 해석하기, 그리고 그 반대로, 가장 경이로운 이미지들을 인간적 드라마의 조직에 흡수하기 같은 문제를 고찰해야 하는 것이다.

우리는 시인들과 함께 매혹적인 시의 축, 항상 증가시키는, 피닉스의 찬란함을 증가시키고, 피닉스를 이 세상의 아름다움의 한 요인으로 만드는 시의 축을 따라갈 것이다.

이제 불사조의 이미지들이 있는 우리의 시적 박물관 안으로 들어가보자.

*

우리 시대의 시인, 현대시의 시인은 단순한 신화 활용이라는 계획을 내팽개쳤다. 그는 매우 새로운 전설적인 힘들을 되찾는다. 그는 처음에 느낀 호감으로 새가 공간의 존재임을, 지상의 길들을 따라 발전하는 '다른 곳l'ailleurs' 보다도 더 큰 '어느 다른 곳un ailleurs' 의 존재임을 안다. 확대된 이 '어느 다른 곳' 은 증대된 삶의 지평선을 열어준다. 높이 날고 있는 새는 시적 공간의 중심이다. 그 날개가 불타오르는 듯한 붉은빛을 띤다면 그 새는 불의 시학에 속한다. 또하나의 꿈, 그래서 새는 불의 운명을 갖는다. 때때로 시인에게 시의 맥락이란 진정으로 자연스러운 전설로, 자연의 전설로 정리된다. 이 전설은 너무나 정상적으로 형성되어서 역사와 신화에 빚진 것이 전혀 없다는 생각이 들게 한다. 사람들은 이념을 잊을 수 있고 지식을 잊어버릴 수 있다. 그렇지만 자연은 스스로에 대해 말할 것이다. 예를 들어 '보호의 노래'[13]라는 제목으로 엮인 이브 본푸아Yves Bonnefoy의 시들을 들어보라. 시가 전설에서 자율적인 작업을 전개시켜나가는 게 들릴 것이다.

한 마리 새, 그 새는 어느 사막에서, 어떤 영혼의 밤에 시인을 불렀던가?[14]

> 새가 나를 불러, 내가 왔노라,
>
> (……)
>
> 나는 내 안에서 소용돌이치던 죽은 소리에 굴복했다
>
> 그리고 나는 투쟁했고, 나를 사로잡은 단어들이
>
> 내가 추웠던 곳, 그 창문 위에 분명히 드러나도록 했다.

---

13) 이브 본푸아, 「보호의 노래Le chant de sauvegarde」, 『사막을 지배하는 어제 *Hier régnant désert*』, Mercure de France, 1958, 49~61쪽.
14) 같은 책, 50쪽.

새는 여전히 어둡고 잔인한 소리로 노래 불렀다.

(……)

얼마 후 나는 다른 노랫소리를 들었다. 그것은 입을 다문
새의 노래 저 암울한 바닥 깊숙한 곳에서 깨어났다.

존재의 파장, 처음에는 억눌려 약하다가 나중에는 좀더 돌출한
파장이 시를 가로지른다. 그 파장은 죽음의 어둡고 잔인한 노래
에서부터 삶에 눈뜨는 노래로 올라온다. 밤과 태양의 새를 차례
대로 보여주는 첫번째 증거이다.

다음 시의 제목은 '빛나는 잎Le feuillage éclairé'[15]이다. 그
러나 아직은 단지 음향적인 빛, 인간의 마음에 노래를 일깨우는
빛에 관한 시이다.

침묵의 나무 속에서 새는 우리 마음을 사로잡았다.

광대하고 단순하며 탐욕스런 노래로.

새는 모든 소리를

밤으로 인도했다 그곳에서 소리는 사라진다

소리의 현실적 단어들과 함께,

---

15) 같은 책, 51~52쪽.

나뭇가지 속 단어들의 움직임과 함께,

사라진 모든 것을

다시 부르기 위해서, 헛되이 사랑하기 위해서.

새벽은 황량한 이 마음을 감동시킨다.

모든 것이 이 잔인한 새벽의 노래와 함께 시작되었다

해방시키는 희망, 진정한 가난함.

빛은 어둠 속에서 이러한 과정을 거치고 난 후 태어나고, 여기에 불의 찬가가 삽입된다. 잠들고 깨어나는 노래의 전환에서 불새를 알아보기 위해서는 자신 안에 불사조적인 감수성을 발전시켜야 할 것이다. 그런데 피닉스라는 단어가 발음되면 우리는 곧 숙명적 존재가 거기 있었다는 것을 안다. 시적 뉘앙스의 섬세함에서 피닉스를 체험하고 싶어하는 자는 피닉스가 시인의 노래에서 진정으로 형성되고 있는 일련의 이 시들을 다시 읽으며 많은 것을 얻으리라. 여기에서 피닉스의 시적 이미지는 어떤 의미에서는 자율적이다. 다음과 같이 문학적 진보의 절정에 있는 시가 있다.[16] 기적의 새는 그 문학적 전개에 따라 천천히 형성된다.

자기 그림자를 투사하는 밝은 풍경이며 운명인

불에게 말하는 피닉스

나는 네가 기다리는 자다. 그가 말한다,

나는 너의 근엄한 나라에서 사라지려고 온 것이다.

그는 불을 바라본다. 그것이 어떻게 오는지,

어떻게 그것이 어두운 영혼 안에 자리잡는지,

그리고 새벽이 창문에 나타날 때, 어떻게

불이 침묵하는지, 그리고 불보다 더욱 나지막하게 잠드는지.

그는 그것을 침묵으로 살찌운다. 그는 바란다

영원한 침묵의 주름마다

모래처럼 그 위에 내려앉으며

그의 불멸성을 가중시킬 것을.

이 시의 제목은 '불의 영원성'이다. 피닉스는 바로 살아 있는 영원성의 상징이다.

---

16) 같은 책, 60쪽.

우리가 인용한 모든 시에는 다음 4행시[17]로 서문이 씌어 있다.

새가 모래로 찢어지기를, 너는 말했지,
그가 새벽 하늘 높이, 우리의 기슭이기를.
그러나 그는, 노래하는 궁륭에서 난파되어
울면서 죽은 이들의 진흙 속으로 이미 떨어졌다.

꿈꾸기 위해 보는 것이 필요한 사람은 이브 본푸아의 피닉스가 수수께끼 같다고 생각할 것이다. 알아야만 상상할 수 있는 사람은 이미지가 발전되어나가는 과정을 따라가지 않을 것이다. 그는 오래된 전설을 나타내는 '이미지가 풍부한' 그림을 자기에게 보여주기를 바랄 것이다. 그는 자기 재에서 다시 태어나는 새가 이미 새로운 단어마다 침묵에서부터 다시 태어나는 노래로 표시되어 있다는 것을 알아채지 못할 것이다.

피닉스를 '노래하는 궁륭에서 난파된 자'로 만드는 것, 그것은 새벽마다 다시 태어나기 위해서 매일 저녁, 어둠 속에 매몰되어야 하는 태양새l'oiseau-soleil의 운명을 시로 번역하는 것이다. "실제의 모든 나무보다 더욱 높이, 우리의 슬픈 나뭇가지

---

17) 같은 책, 49쪽.

속 모든 소리보다 더욱 단순하게 노래한" 새 피닉스를, 이브 본 푸아는 이 놀라운 말verbe의 우주 속에, 말하는 우주 속에 살게 한다.

*

니체가 음악을 피닉스의 기호 아래, 재생의 이미지를 거듭하는 '음악 피닉스phénix musique'의 기호 아래 놓았음을 기억해보자. "나는 이제 차라투스트라의 이야기를 하겠다. 작품의 근본 개념인 영원 회귀 사상—사람들이 이제까지 도달한 것 중에서 최고의 동의approbation 형식—은 1881년 8월에 시작된다. 그것은 '인간과 시간 저 너머 6천 피트에서'라는 글과 함께 종이 한 장에 쓰여졌다. 나는 그날 실바플라나 호숫가 숲속을 돌아다녔다. 슈를레이에서 멀지 않은 곳, 피라미드 형태로 솟아오른 엄청나게 큰 바위 아래에서 걸음을 멈췄다. 바로 그때 그 사상이 떠올랐다. 그날로부터 몇 개월 전으로 되돌아가보면, 나는 이 사건의 전조로 특히 음악에서 내 취향의 변화를, 갑작스럽고 심오한 결정적인 변화를 발견할 수 있다. 어쩌면 나의 차라투스트라는 오로지 음악 영역에만 속해 있는 것이 아닐까. 확

실한 것은 그가 청각의 '재생'을 전제한다는 것이다. 내가 1881
년 봄을 지낸 그곳, 뱅상스에서 멀지 않은 산골의 작은 온천 도
시 레코아로에서, 나는 나의 음악 선생이자 친구이며 그 역시
'재생'된 사람인 페터 가스트Peter Gast와 함께, 음악 피닉스가
그 어느 때보다 더욱 가볍고 더욱 반짝이는 깃털의 광채 속에서
날고 있음을 알아차렸다." [18]

*

저 깊은 상상력 속에서 불에 속해 있는 시인은 빛의 찬란함이
자신에게 거부되었을 때 고통과 죽음을 알 수 있다. G. 단눈치
오는 비행기 전투에서 상처를 입고 멀어버린 눈 때문에 고통스

---

18) 니체, 『이 사람을 보라 *Ecce Homo*』, Alexandre Vialatte 역, Gallimard,
1942, 120~121쪽.
〔한 독서 노트는 '시인과 새'라는 제목의 『새벽』 568 경구를 적고 있다.〕 "새 피
닉스는 시인에게 불타는 두루마리를 보여주었는데 그것은 타버렸다. '두려워
마라! 그가 말한다. 그것은 너의 작품이다! 그 작품은 현 시대의 정신을 가지고
있지 않으며 시대에 대항하는 사람들의 정신은 더욱이 가지고 있지 않다. 그러
므로 그 작품은 불태워야 한다. 그러나 바로 그 점이 좋은 표시이다. 여러 종류
의 새벽이 있기 때문이다'"(니체, 『새벽 *Aurore*』, Henri Albert 역, Mercure de
France, 1943).

러워하면서 이미지를 체험한다. 그는 타오르는 재이며 새로운 삶의 열정이다. 그의 장작더미가 불타오르는 것은 그의 눈 속에서이다. 『야상곡』[19] 한 페이지 전체가 다음과 같이 피닉스의 기호 아래 있다.

"악마가 내 눈 깊은 곳에 갖가지 불을 지폈다. 사면될 수 없는 이 고통에서 가장 절망적인 때처럼, 악마는 광적으로 이 비참한 장작더미 위에 입김을 분다. 비참한 내 온몸은 화상 때문에 불꽃 가장자리에 놓인 잔가지의 장작더미가 된다."

눈 속 깊이 타오르는 극심한 고통, 시야와 빛의 은밀한 드라마. 온 존재가 그것으로 불타오른다. '누가 불타오르는 재로 나를 감싸는가?' 라고 시인은 자문한다. 그러나 불타오르는 육체 저 너머에서 시인은 재생한다는 자부심을 느낀다. "내 마음의 정점이 불똥을 던지고 재를 꿰뚫는다. 나는 나의 재이며 나의 피닉스이다. 나는 불투명하며 빛을 반사한다. 불멸에 도취한 나는 장작더미에서 살아남는다."

체험한 피닉스를 우리에게 말하고 있는 이 페이지는 불타는 숲의 파노라마에 개입한다. 소나무는 불타는 송진의 거대한 향

19) 가브리엘레 단눈치오 G. d'Annunzio, 『야상곡 Nocturne』, André-Doderet 역, Calmann-Lévy, 1923, 183쪽(이탈리아어 텍스트 Notturno는 1921년 발간된 것임).

기 속에서 탁탁 튀며 탄다. "그러나 굴복하지 않는 순교자처럼 모든 나무는 선 채로 있다."

그렇지만 삶의 중심들이 희망을 가져다준다.[20]

"여기저기 불길이 도달한 도랑 뒤편에서, 나는 초록풀 한 무더기와 장밋빛, 보랏빛의 작은 꽃줄기들을 발견한다. 놀란 영혼은 거기에서 자신에 대한 암시를 엿본다."

그리고 그 장은 피닉스의 영광을 찬미하는 것으로 끝난다.[21]

피닉스들이 노래 부르는 것이 들린다!
취기가 내 안에서
천상의 강물처럼 빨리 올라온다.
나는 내 안에서 나의 신을 느낀다.

나는 피닉스들이 노래하는 것을 듣는다
고난의 환희와
몰약 냄새가 나는 노래를.
나는 내 안에서 나의 신을 느낀다.

20) 같은 책, 185쪽.
21) 같은 책, 194쪽.

모든 재가 씨앗이고
모든 포도덩굴이 새순이며
사막은 온통 봄이다
나는 내 안에서 나의 신을 느낀다.

새롭게 태어나는 나무는
땅으로 향해 굽은 무거운 짐에서 해방되고
창공에 높이 솟은 종려나무일 뿐이다.
나는 내 안에서 나의 신을 느낀다.

이도마에아의 종려나무 가지들 위에서
그것들을 움직이지도 굽히지도 않으면서
부활한 피닉스들이 노래 부른다.
나는 내 안에서 나의 신을 느낀다.
(……)

　위와 같은 페이지들은 문학활동의 문제를 제기한다. 즉 고통, 구체적인 육체적 고통이 문학이 될 만한 자격이 있는가? 단눈치오의 문학은 검열자들을 찾았다. 그렇지만 이미지에 대한 정열을 가진 자에게 삶에서 이미지로의 이동은 자연스러운 것이다. 이미지들 역시 그 안에 고통이 있으므로, 표현에서 그 이미지들이 울림을 불러일으키게 하지 않는다면 우리는 고통을 완전하게 알지 못하는 것이다.

안구orbite의 보금자리에 피닉스가 기거했다. 시인이 체험한 피닉스는 망막의 드라마가 되었고, 불타오르는 시선에 대한 무한한 노스탤지어가 되었다. 그것은 실명과 조명의 경계에서 암흑의 절망감으로 죽어가는—그렇지만 빛으로 다시 태어나는—눈이다. 피닉스는 재생을 보여주는 용기이다.

*

전통적인 이미지의 거처, 바로 거기에 살러 온 예외적인 이미지들이 있는데, 그것은 피닉스의 시적 품질이라는 이름을 지닌다.[b] 이러한 것이 『서정시』[22]라는 시 모음집에 나타난 피에르 장 주브Pierre Jean Jouve의 피닉스이다. '피닉스'라는 제목으로 묶인 다섯 편의 시를 분석하면서 사람들은 아마 집중하여 작

---

b) 이러한 전개는 「피에르 장 주브의 피닉스들」이라는 제목 아래 열거되었다.
방주 : "현대시의 이미지들 속에서 시적 개인화의 힘을 말할 것."
22) 피에르 장 주브 『서정시 Lyrique』, Mercure de France, 1956, 9~15쪽.

업한 대가를 얻지 못할 것이다. 깊이의 정신현상과 우주적인 아름다움의 종합체인 이 시들, 시인은 그것을 응집된 시선의 명상 속에서 창조한다. 그것은 시선의 현상들이다. 피닉스는 더이상 대상이 아니다. 그것은 눈동자의 상태이다. 불타오르는, 번개 같은, 빛나는 시선을 나타내기 위한 형용사는 수없이 많다. 그러나 심리적 투사projection의 특징을 말하기 위해서는 시인이, 철학자 시인이 필요하다. 주브의 시는 시 창작의 독창성 그 자체에서 피닉스들을 보여준다. 그것은 시인의 우수를 가로지르는 불로 나타난다. [23)]

　　바다의 파도가 가장 탐욕스러운 봉우리에서 섬광을 만들어내기 위해 서로서로의 물결 속으로 사라지는 것처럼,
　　시인은 자신의 심장 아주 가까이 철 펜으로 선들을 새기는 시간의 소리를 듣는다.

　　존재하려는 갈망이 글쓰기에서 한 존재를 솟아오르게 하고, 심리적인 돌출은 작가를 놀라게 한다. 존재의 단조로움 위에 나타난 것은 피닉스의 순간이다. 시간에 귀를 기울이면서 시인은

---

23) 같은 책, 9쪽.

시간의 기적을 듣는 것이다. 피닉스는 이제 한순간, 시적인 것의 순간이다. 솟아오르는 것을 묘사하지 않는다. 시인의 천재성은 그것을 상기시킨다.

감각의 불 역시 활기를 띤다. 불사조적인 감수성이 행복한 성 본능을 영원의 무게에 뒤섞는 것이다.

세번째 시에서 주브는 피닉스의 부활을 시선의 부활처럼 표시하고 있다. 일종의 절대적인 눈이 그가 세상에 군림하고 있음을 전파한다.[24]

네 옷과 존재의 완전미는 불길 깊숙한 곳에 모였다
(……)
그 어떤 시선이 꿰뚫는다 해도 아주 검은 거대한 불을 위해
너의 유일한 눈이 나타날 친근한 부활의 불을 위해.

우리의 불사조적 욕망의 재탄생, 은밀한 작업 속에서 새로운 광채를 위한 새로운 시선으로의 재탄생은 시 말미에 적혀 있다.[25]

---

24) 같은 책, 12쪽.
25) 같은 책, 15쪽.

죽은 심장 후에 다시 태어나는 것, 갈색 심장 후에 붉은 심장
다시 눈의 광채 가슴의 섬광이 되는 것,
이것이 몇 사람에게 드러난 기적의 법칙이다
작업과 웃음과 모든 계획을 현 상태로 다시 시작하는 것.

이러한 눈동자의 창조적 활동, 빛을 향한 망막의 호소는 물론 심사숙고된 광시증이 아니다. 곧 태어날 불사조의 눈은 밤의 암흑 속에서 이미 태양의 존재이다. 시인은 우리에게 우주에 자기 빛을 펼치는 새벽의 진실과 강렬한 빛의 결합을 체험하게 해준다. 시적인 것의 명철함이 감각과 꿈의 경계에서, 또한 의미의 언어와 승화의 언어의 경계에서 활동한다. '아름다움'이라는 제목의 산문시에서 피에르 장 주브는 우리에게 언어의 수직성안에서 살도록 요청하고 있다.[26]

"(……)바깥에서, 소리와 색깔과 단어의 집합에 의해서 수직적으로만 가능한 삶이 있다. 어제의 몇 문장의 아름다움은 마치 영원성으로 칠해진 것 같다……"[c]

---

26) 피에르 장 주브, 『산문시』, Mercure de France, 1960, 94쪽.
c) 방주 : "나는 이 『산문시』 텍스트에 관해 적어놓은 페이지를 찾지 못했다."

＊

내재적인 피닉스

　문학 이미지를 그 현실성으로 보여주려는 우리의 목적에는 자기 이름을 말하지 않는 피닉스의 이미지가 긴 교훈시보다 더욱 값지다. 우리는 피닉스가 불의 상상력의 원형임을 증명해줄 '내재적인 피닉스'의 몇 가지 예를 모아볼 것이다.

　영어로 직접 쓰고 작가 자신이 불어로 번역한 시[27]에서 장 발 Jean Wahl은 우주를 깨우는 기쁨 속에서 수집된 '원인 없는' 존재인 '기쁨 새 l'oiseau joie', 기적의 새에 결정적인 철학적 표시를 한다. 나는 헤라클레이토스를 인용하는 장 발이 자신의 시가 피닉스 신화 속에서 명백해진다는 것을 알고 있었는지는 잘 모르겠다. 그러나 이미지들이 너무나 새롭기 때문에 우리는 신화는 재생한다고 말할 수 있다. 그것은 다시 태어나는 신화이다. 그것은 심지어 두 번이나 다시 태어난다. 두 번 상상되고 두 번 생각되며 경직된 문화적 전통에서 두 번 해방되니 두 언어로 씌어진 시를 맛본다는 것은 얼마나 큰 독서의 기쁨인가!

―――――――――

27) 장 발, 『시, 사고, 지각 *Poésie, Pensée, Perception*』, Calmann-Lévy, 1948, 58~59쪽.

다음은 시「기쁨 새」의 전문이다.

　나의 기쁨, 균형 잡힌 너 자신에 대해

　원인 없이

　깊고 어슴푸레한 이 세상에서

　신비에 대한 이성적인 기쁨으로서가 아니라,

　웃었던 헤라클레이토스처럼 혹은 프로메테우스 가운데 우스
꽝스러운 합창처럼,

　원인 없이 ― 너 스스로에게 이야기하면서

　빨아들인 한탄으로 무거우며 또한 모인 빛으로 가벼운

　네가 힘차게 날아오르는 것과

　커다란 날갯짓의 퍼덕거림으로 떨리는 것을 나는 본다.

　그리고 노래하는 듯한 너의 흥분은

　시간을 꿰뚫고 영원을 찌른다.

　지금, 나는 너의 작은 외침을 듣는다.

　기쁨 새!

자신의 시 탄생을 설명하는 주석에서[28] 장 발은 완전히 발견

---

28) 같은 책, 62~64쪽. 장 발은 "설명할 수 없는 기쁨에 대한 키에르케고르적
인 감정"과 키에르케고르의 한 부분을 상기하고 있다. "만약 새가 그렇게 미비

해내지는 못해도 「기쁨 새」에 영감을 주었을 전대의 위대한 철학을 찾아본다. 그는 키에르케고르, 니체, 심지어 데카르트를 언급하기도 한다. 워즈워스Wordsworth와 셸리Shelley의 시적 이미지도 상기시킨다. 그리고 그 자신이 붙인 주석 마지막 줄에서는 기쁨 새의 도약이 근본적인 고뇌의 초월이라는 것을 알아차리면서 키에르케고르와 하이데거를 상기하고 있다.

나는 샹파뉴 지방 사람의 시각으로 재미있어하면서, 장 발이 「기쁨 새」에 견줄 만한 창조적 충동을 자신이 연마한 지성에서 헛되이 찾고 있음을 본다. 내가 생각할 때 장 발의 질문에 대한 해결책은 아주 간단하다. 노래하는 듯한 영원 속에서 떨려 울리는 새와 마찬가지로, 그 시 역시 즉각적인 동기가 없고, 심리적인 동기도 교양적 동기도 원인도 없는 것이다. 이 시는 하나의 피닉스이다.

철학자-시인의 시적 몽상 속에서 「기쁨 새」는 한 원형의 표현이다. 모든 창조적 행위에서와 마찬가지로 여기에서 원형이란 원인 없음의 원인으로, 이 원인은 너무나 근본적인 것이어서 심

한 것으로 기뻐한다면 그것은 그 자신이 스스로 기쁨이기 때문이다." 그러나 그는 이렇게 덧붙이고 있다. "그런데, 글을 쓰는 순간에 나는 더이상 키에르케고르의 이 글들을 전혀 기억하지 못했다." "커다란 날갯짓의 퍼덕거림으로 떨리는 것"이라는 구절은 그에게 "어렴풋한 회상인 것처럼 보인다. 그러나 어느 시에 대한 것인지 나는 모르겠다".

리학자와 정신분석학자의 연구 대상이 되는 초라한 심리적 이야기를 단번에 건너뛴다. 시적 행위는 현실에 결부된 이미지들을 단숨에 초월하는 핵심적인 행위와 같은 것이다. 장 발이 그 책 다른 부분에서 인용하고 있는[29] 윌리엄 블레이크William Blake의 위대한 두 구절처럼 장 발의 「기쁨 새」는 비상의 기쁨을 누린다.

> 그러나 비상의 절정에서 기쁨을 포옹할 줄 아는 자는
> 영원한 새벽에서 산다[d]

대체로 시적 상상력의 피닉스들은 비상의 절정에서 불타고,

---

29) 같은 책, 228쪽.
d) 윌리엄 블레이크의 시는 노트북Note-Book의 시이며(1793년경) '영원'이라는 제목이 붙어 있다.

He who binds to himself a joy
Does the winged life destroy
But he who kisses the joy as it flies
Lies in eternity's sun rise.

이 시는 케인스 판에는 43번으로 붙어 있고(블레이크, 『전집』, 제프리 케인스 Geoffrey Keynes 간행, 옥스퍼드 대학 출판사, 1969) 레이리스 판에서는 29번 시이다(윌리엄 블레이크, 『전집 II』, 피에르 레이리스Pierre Leyris 번역 및 편찬, Aubier Flammarion, 1977).

빛의 폭탄처럼 창공 저 높이에서 파열한다. 『천사와의 결투』의 한 시에 나타난 클로드 비제Claude Vigée의 내재적인 피닉스도 마찬가지이다.[30]

나에게 공간의 루비를 팔아버린 새는
자신의 불로 하늘의 나뭇가지들을 찢고
마음의 빛을 퍼뜨렸다가 다시 받아들이는
생생한 이 바위는 어두운 숨결에서 솟아오른다.

*

하나의 세상을 만들기 위해 모든 것이 협력하는 시인의 우주론에서, 나무를 젊게 만들고 모든 자연을 새롭게 하는 것을 표시하는 것이 바로 새일 수 있다. 그러므로 최후의 표시는 숲을 깨우는 피닉스에 의해 새겨진다. 앙리 보쇼Henry Bauchau의 「칭기즈칸의 나무」에서 은밀히 알아볼 수 있는 내재적인 피닉스가 이러한 재생을 나타내주는 중요한 우주적 표시를 가지고

---

30) 클로드 비제, 「아리엘의 기쁨Les plaisirs d'Ariel」, 『천사와의 결투 *La lutte avec l'ange*』, Librairie Les Lettres, 1950, 56쪽.

있다. 시에서, 나무는 새를 기다리는 그의 마음을 이렇게 고백하고 있다.[31]

　　아무도 더이상 내 나뭇가지가 몇 개인지, 나뭇잎 종류가 얼마나 되는지 모른다. 내 잎사귀 틈에서 노래하는 새들의 나라는 헤아릴 수 없이 많다. 선율이 아름다운 죽음과 소생도 수없이 많다.

　　부서진 보금자리, 섬세한 깃털, 독수리나 종달새의 해골, 모든 것이 뿌리로 돌아가며, 생의 힘을 부수고 분쇄하여, 지배된 하늘에까지 내동댕이치는 어두운 사투르누스의 턱으로 돌아간다.

나뭇가지에 생을 돌려줄 추진력은 새잡이 그물 같은 힘forces oiselées이다. 그것은 마치 새로운 새의 종족이 나무뿌리에서 태어나 '태양의 거대한 방목지가 있는 그곳에서' 태양 아래 찬연히 빛나면서 세상의 뿌리에서 솟아오르는 것과 같다.

---

31) 앙리 보쇼, 『지질학 *Géologie*』, 〈변신 Métamorphoses〉 총서, LIV, Gallimard, 83쪽.

*

중요한 이미지들은 서로 부르고, 서로 지지하며, 웅장한 질서 속에서 함께 커지기 위해서 서로에게 근거를 둔다. 경탄할 수 있는 자세로 열정을 가지고 클로드 비제의 산문시 「이카로스의 수면Le sommeil d'Icare」[32]을 읽는다면 이미지들이 활발하게 통합되는 것을 느낄 수 있을 것이다. 유월절의 부활은 날개 돋친 이미지들의 번득임 속에서 '재생의 불'처럼 표현되고 그것은 결국 이카로스의 '잠들어버린 욕망[33]'을 불러일으킨다. "신성한 해초가 나보다 앞서 가며, 육체가 당연히 돌아가야 할 거대한 단념immense abandon의 깃털을 흩뿌린다. 그러나 눈은 광막한 공간의 추진기 아래 조용히 돌아가는 길고 하얀 삼각형 날개의 갈매기를 자극한다. 닻이 없는 돛단배여, 행복한 만남을 위해, 아무것도 없는 하늘, 더 확실한 별을 향하여 항해하라. 너의 날개가 밤에 고뇌로 녹아버릴 때, 가소로운 새벽이 너의 비

32) 「이카로스의 수면」, 『천사와의 결투』, 77~91쪽.
33) 같은 책, 91쪽. 마지막 소네트의 마지막 연은 다음과 같다.

   나는, 새벽처럼 벌거벗고 돌처럼 헛되이
   잠든 욕망을 회한으로 다듬으면서
   눈꺼풀을 올리며 태양빛 속에서 날고 싶다.

상에 불을 지를 때, 너는 너의 빛을 발산하면서 내려갈 것이고 너의 피는 허망한 태양을 바다 속에 비출 것이다…… 나의 노래가 끝나기 전에, 불꽃 새여, 샘물의 자갈에 비친 네 불의 반사빛으로 이 여름 아침에 녹아버린 수정처럼 맑은 달에 불을 지펴라…… 성스러운 물질로 계단을 만들기 위해 나는 이제 너희에게 간청하노라, 번득이는 새매들이여, 이 바다 속 숲을 불태워버리고, 뜨거운 도가니가 팽창된 광맥을 철광에서 솟구치게 하기를. 달과 사막 사이에서 나는 바람 속에 흩어진 비밀을 폭로하는 작은 새를 피 흘리게 할 것이다." [34]

페이지마다 피닉스라는 이름은 전혀 나오지 않고 불사조의 이미지들이 이처럼 우주적인 행위가 되는, 날아다니는 인간의 전설을 풍요롭게 하고 있다. 모든 이미지 분출의 원천이 되는 것은 거명되지 않은 피닉스의 이미지이다. 시 전체에 불이 붙었다. 진정 자유로운 상상력에서 태어난, 새로운, 빛나는 이미지들이 솟구친다. 여기에서 시는 하나의 화로이다. 이미지들은 상상력이 절정에 머무르게 하기 위해서 끊임없이 공급해야 하는 연료이다. 그러므로 이야기 줄거리 선을 지탱하는 것이나 지나치게 대담한 사람의 낡아빠진 이야기를 계속하는 수고는 더이

---

34) 같은 책, 84, 85, 89쪽.

상 필요하지 않다. 불의 이미지들에 의한 응집은 사고의 일관성보다 훨씬 강력하다. 시적인 힘은 그것만으로 시에 가장 아름다운 조화를 부여한다. 시인이 체험한 피닉스는 이렇게 체험한 불의 화재, 세계를 새롭게 만드는 이 끝없는 화재를 요구하는 것이다. 이런 화재−부활은 주저하지 않고 피닉스의 거대한 이미지를 꿈꿀 때 얻는 큰 교훈이다.

*

때때로 이미지는 자기 안에 많은 열정을 집중시키고 수많은 색깔로 자신을 덮고 있어서, 피닉스는 마치 마스크의 다양성을 통해 자기 존재를 나타내려는 것 같다. 피닉스라는 단어가 말해지지 않은 채 피닉스의 이미지가 작용한다. 우리는 이런 숨겨진 피닉스의 예를 옥타비오 파스Octavio Paz의 산문시에서 찾아볼 수 있다. 창공을 정복하는 검은 새는 빛의 투명함 속에서 백조의 얼어붙은 듯한 흰빛이 된다. 그러나 불의 힘이 이 흰빛에 불을 지펴 눈부시게 할 것이다. 새는 비록 극적인 폭발 속에서 죽어야 할지라도 불의 역동력으로 인해 우주의 존재, 불타오르는 세상의 존재가 되는 것이다.

시를 읽어보자. "검은 새, 너의 부리는 바윗덩어리를 부순다. 너의 슬픈 제국이 철과 해바라기, 돌과 새, 지의(地衣)와 불 사이의 무너지기 쉬운 경계를 허망하게 만든다. 너는 창공에서 불 같은 대답을 끄집어낸다.[35] 빛의 투명한 목젖이 둘로 갈라지고 너의 검은 갑옷은 온통 무구한 냉정함으로 뒤덮였다. 너는 이미 투명한 것들 사이에 있구나. 자신의 흰빛에 빠져버린 백조여, 너의 깃털 장식이 늘어나 출렁이고 있다."[36]

이성적인 독자라면 숨이 가빴을 것이다. 그는 철, 해바라기, 돌, 새, 지의, 불 같은 이런 단어의 축제에, 이러한 질적 변모의 요란한 연회에 참여하지 않은 것이다. 항상 이미지와 현실의 관계를 느끼고자 하는 독자는 현실을 지시하지 않는 이미지들을 멀리한다. 만약 피닉스라는 단어가 말해졌다면, 독자는 아마도 자신이 쌓은 교양에 의존하며 독서를 했을 것이다. 그렇지만, 오로지 이미지에 열광함으로써만 피닉스를 정복할 수 있다. 텍

---

35) "너는 창공에서 불 같은 대답을 끄집어낸다." 절대적인 승화의 철학에서 굉장한 명구가 아닌가!

36) 이 「위험한 노트Note risquée」라는 시는 옥타비오 파스에 의해 '독수리 또는 태양? ¿Aguila o Sol¿'이라는 제목으로 1951년에 출간된 시들에 포함되어 있다. 이것은 J. -Cl. 랑베르Lambert가 간행한 시집 옥타비오 파스, 『독수리 또는 태양?』에 제목을 제공한 것이다. 장 클라랑스 랑베르의 프랑스어 텍스트가 실린 에스파냐어 텍스트, éd. Falaise, 1957, 67쪽.

스트는 계속 이어진다. "너는 산꼭대기에 자리잡고 너의 불똥을 박는다. 그리고 몸을 숙이면서 분화구의 얼어붙은 입술에 입맞춘다. 하늘에 기다란 상처 외에는 다른 흔적을 남기지 않은 채 폭발할 시간이 왔다. 너는 조화의 갤러리galeries de l'harmonie를 지나, 금관악기의 행렬 속으로 사라진다."

이렇게, 하늘을 찢고 폭발하는 불에 의해 시인의 새는 우주의 존재가 되었다. 그것은 저녁에 금관악기와 심벌즈의 오케스트라처럼 울려퍼지는 낙조에 빛나는 존재이다. 파스의 책 제목은 '독수리 또는 태양?'이다. 이 시에서는 독수리와 태양이라고 말해야 하며, 다음과 같은 우주적인 등식의 위대함을 알아차려야 한다.

독수리 + 태양 = 피닉스

이러한 종합은 시적으로 자유로운 상상 속에서 자발적으로 생겨난다.

*

명백하게 드러나는 피닉스와 내재적인 피닉스의 구분 저 너머

　명백하게 드러나는 피닉스와 내재적인 피닉스를 구별한 것은 다만 우리의 논쟁에 약간의 이해를 도모하기 위해서일 뿐, 이러한 구분은 형식적인 것이다. 사실, 현대시에서 시인이 명백하게 어떤 피닉스를 지칭할 때 그는 자신의 고유한 피닉스를 전개하고 있는 것이다. 시적인 것이 신화적 전통을 대체하는 시대이며, 시가 각각의 시의 이미지를 장식하기 위해 더이상 신화의 구상이 필요 없는 시대이다.[37] 시는 여전히 그 고유의 신화를 발전시키고 있다고 말할 수 있다. 클로드 레비 스트로스Claude Lévy-Strauss는 깊이 있는 시각에서[38] 신화가 여러 변이형의 총

---

37) 흔히 신화는 원초적인 시라고 말해왔다. 그러나 신화들을 서로 비교하는 것은 아마도 신화들을 객관화하고 신앙으로의 전환을 강화하도록 했을 것이다. 시는 좀더 가볍고 좀더 유동적이며 좀더 자유로운 가담을 요구한다.

38) 클로드 레비 스트로스, 『구조인류학Anthropologie structurale』제XI장 '신화의 구조 La structure des mythes', Plon, 1958, 240쪽. 클로드 레비 스트로스는 "지금까지 신화론적 연구의 발전에 중요한 장애물 중 하나를 형성했던 난점과 진정한 진술 또는 본래의 진술의 연구를 아는 데 어려운 점을 상기시킨다. 우리는 반대로 각각의 신화를 그것의 모든 이본들의 총체에 의해 정의할 것을 제안한다."

체이며, 하나의 새로운 변이형은 즉각적으로 그 신화와 일체를 이룬다는 논지를 변호한다. 하나의 특이한 변이형이 피닉스의 중심 이미지에 합체되는 것은 더욱 놀라운 일이다. 피닉스는 시적 가치들의 총체이며 불, 향유, 노래, 삶, 탄생, 죽음 등 다양한 교감의 유희이다. 그것은 둥지이며 무한한 공간이다. 그것은 둥지와 태양, 이 두 가지 온기를 가지고 있다. 노래의 온기, 향유의 온기, 모든 것이 새를 불태우기 위해서 한 곳으로 모인다. 잠을 깨우는 노래의 남성적인 불과 잠재우는 향기로 가볍게 흔들리는 여성적인 온기, 이러한 것이 중대한 이미지가 나타내는 자웅동체의, 점점 더 섬세해지는, 그러므로 점점 더 진정한 전환이다.[e]

*

폴 엘뤼아르에게 "피닉스는 첫번째이며 또한 첫번째가 아닌 ─ 아담과 이브 ─ 커플이다."[39] 그것은 절대적인 시작의 재생이다. '피닉스'라는 제목 아래 모인 시들은 새로운 사랑이 새로

---

e) G. B.는 피닉스의 자웅동체의 문제를 길게 전개하려고 계획했다.

39) 폴 엘뤼아르Paul Eluard, 『피닉스』, Seghers, 1954, 7쪽.

운 불꽃으로 타오르기 위해서 지나간 슬픔을 태워버릴 때의 새로운 삶과 새로운 행복에 대한 시다. 가슴의 이야기 전체가 이제 시적 신앙의 행위로 요약된다. 이브 덕택에 아담은 시인이 되고, 따라서 남자 그 이상이 되는 것이다. 재에 불과했던 아담은 사랑의 힘으로 피닉스의 소생을 알게 되는 것이다. 엘뤼아르식 표현의 끝부분을 상승하는 의미로 변환시켜야 한다. 즉 첫째가 아닌 것이 피닉스의 지고한 행위에서 첫째가 된다. 자신을 재로 만들면서 피닉스는 자신이 불이 된다는 것을 느끼고 또 알고 있는 것이다.[f]

*

자신의 재, 바로 그 속에서 타는 것, 가라앉은 재 그 너머로 이미 상승하는 것, 이것이 엘뤼아르가 인식했을 커다란 불사조

---

[f] 방주 : "나는 엘뤼아르에 관해 적어놓은 종이를 찾지 못하고 있다. 그것의 초반부가 좀더 낫다."
엘뤼아르에게 헌정하는 글(「폴 엘뤼아르의 시 속에 나타난 근원과 이유Germe et raison dans la poésie de Paul Eluard」, 『유럽』지, 제93호, 1953)에서 G.B.는 불의 이미지들을 상기시켰다. 이 글은 『꿈꿀 권리Le droit de rêver』(PUF, 1970, 169~175쪽)에 재수록되었다.

적 꿈이다.[40)]

　　내 무거움을 태워버리기 위해
　　나는 정말로 더이상 날개가 필요 없다.

　나는 이 시구를 읽을 때마다 항상 긴 몽상에, 그날의 색깔에 따라 변하는 몽상에 빠져든다. 때때로 나는 대단한 인내심을 가지고 휴식을 허용한다. 마치 휴식이 고통을 마멸하고 추억을 불태워 석회로 만들어버리며, 그것이 그렇게 끊임없이, 재의 의식이 되기까지 끝없이 지속되기라도 하듯이 말이다.

　그런데, 꿈꾸는 또다른 시간에서는 엘뤼아르의 시구가 나를 가볍게 만들고, 더욱 행복한 날개가 내 생각을 가져가버린다. 시가 나를 해방시켰고, 나에게 한 아침을 다시 선사하는 것이다.

　엘뤼아르는 우리에게 좀더 부드러운 형태로, 강렬한 빛 없이, 두 구절로, 피닉스의 리듬을 표시하는 이미지들의 모든 혜택을 주고 있다. 그 리듬은 심각한 시간에는 삶과 죽음의 리듬에 이르기까지 울리도록 내버려둘 수 있는 것이다. 그런데 이렇게 확대되는 사고들을 항상 가혹한 변증법에 놓아야 하는 것인가?

---

40) 폴 엘뤼아르, 『끊임없는 시 *Poésie ininterrompue*』, II, Gallimard, 1953, 45쪽.

우리 안에서 번갈아가며 쉬다가 다시 태어나는 것이 우리에게 리듬을, 시가 유익하게, 이중적으로 유익하게 할 줄 아는 리듬을 주고 있다. 피닉스는 삶과 죽음이라는 커다란 모순의 존재로, 상반되는 모든 아름다움에 민감하다. 그 이미지는 우리가 열정의 모순을 정당화하는 데 도움을 준다. 그러므로, 피닉스는 고대 신화의 도움 없이 여러 시에서 끊임없이 다시 태어나는 것이다. 피닉스는 모든 시대의 원형이다. 그것은 체험한 불이다. 그것이 외부 세계의 이미지에서 자신의 의미를 찾는 것인지 아니면 인간의 가슴의 불 속에서 그 힘을 얻는 것인지 전혀 알 수 없으니 말이다.

제2장

프로메테우스

도입 부분〔G. B.의 방주〕

우리가 전설과 신화에 대해 시도하고 있는 철저히 단편적인 시학적 검토가 결코 고고학의 면밀하고 장기적인 작업을 명확하게 설명하고자 하는 의도에서 행해지는 것이 아니라는 점은 말할 필요도 없을 것이다. 고고학자의 끊임없는 연구는 여러 시대에 걸친 신화의 변이와 계통을 밝힌다. 이런 연구는 신앙과 제례에 대해 되살아나는 신봉과 동시에 신화 계승에서의 체계의 연속성을 도출해낸다. 신화 사상을 연구하는 역사가들은 그 영향력이 얼마나 되는지 계속 가늠하고 있는 것 같다. 반면, 시적 몽상은 신화학자들이 서술한 이야기만큼 길고 복잡한 이야기를 서둘러 처리할 줄 모를 것이다. 우리는 단편들을 통해서만 시의 충동을 받을 수 있다. 오로지 단편들만이 우리에게 알맞은 것이다. 노발리스Novalis와 프리드리히 슐레겔Friedrich Schlegel 시대의 모든 단편론자 학파는 이러한 신화적 과거의 이미지와 시적 몽상의 이미지의 즉각적인 접촉을 멋진 만남으로 수용했다. 사람들은 학식을 꿈꿨다. 사람들은 신앙의 과거에 대해 배우면서 시적 아름다움을 꿈꿀 권리를 스스로에게 부여했다. 사실, 몽상이 관통하지 않은 신앙은 없다. 사라진 신앙, 잃어버린 신앙은 개인적 몽상 없이는 다시 체험할 수 없는 것이다.

우리가 시적인 것의 관점에서 다시 체험하고자 하는 것은 전설의 단편들이 시인들에게 보여주는 매력이다. 이러한 매력의 근원은 어디에 있는가? 도약은 어디에서 출발하며 어느 높이에 다다르는가? 이러한 인간의 역학을 정의하려면 위대한 작품이 있어야 할 것이다. 프로메테우스의 각별한 이미지로 인간의 시학에 기여할 수 있다면 우리는 그것으로 만족하여 그에 대답이 될 요소들만 제시할 것이다.

사실, 우리가 살고 있는 문화 시대에 교육받은 개개인은 자기 방식대로 프로메테우스의 한 모습을 중앙으로 모은다. 그러나 사람들은 이 중심 형상의 지위에 대해 전혀 알지 못한다. 각자 자신의 프로메테우스가 있다. 이와 같이, 프로메테우스는 다양한 모습 아래에서 모든 이에게 통하는 일반적인 단어가 되었다. 그러나 사람들은 이토록 거창한 이름을 붙이면서도 어떤 존재를 의미하는 것인지 잘 모른다. 역설적인 형상, 프로메테우스, 그는 강한 인물로, 상징적인 가치valeur emblématique[1]를 지니면서도 다양한 이미지로 분산되는 인물이다. 상징이라. 그런데 바로 이러한 것이 상징의 불행이다. 즉 상징은 기뻐하거나 풍자적으로 개작하는 데 과도하게 쓰일 수 있는 것이다. 우리시대의 유명한 한 작가가 제우스에 대항하는 프로메테우스의 반항을 파리의 대로에서 길을 걷고 있던 사람이 다른 사람의 뺨을 때리는 동기 없는 행위로 변형시킴으로써 우리를 즐겁게 해준다고 생각했던 점을 상기할 필요가 있는가. 작가가 우리에게 자신의 개인적인 프로메테우스를 넘겨주기 위해서는 이 두 통

---

1) 1868년 귀스타브 모로Gustave Moreau는 옆구리에 상처를 입은 남성적인 '프로메테우스'를 그려 대단한 성공을 거두었다. 그 작품이 상업적인 상징으로 간주될 수 있을 정도였다. 이러한 상징은 가치를 드러내는 표시로 정어리 통조림 위에 새겨지게 된다. 이 그림과 통조림은 라그나 폰 홀텐Ragnar von Holten의 멋진 앨범(『귀스타브 모로의 환상 예술 *L'art fantastique de Gustave Moreau*』, Paris, Ed. Jean-Jacques Pauvert, 1960) 안의 같은 페이지에 수록되어 있다.

행자의 이름이 제우스와 프로메테우스이기만 하면 되었다.[2]

우리가 프로메테우스의 기호 아래 놓여 있는 전설의 단편들에 대해 시적 깊이를 찾고 있는 것은 물론 그런 점에서가 아니다. 프로메테우스 신화가 드러내는 이미지들이 때로는 매우 특이하다 할지라도, 거기에 근거 없는 이미지는 없다는 것을 증명해야 할 것이다. 조금 꿈꾸고 수많은 몽상의 테마를 결합하면서, 우리는 결국 특이한 이미지에서 시적 상상력의 싹을 파악하게 된다. 하나의 이미지가 퇴색하면 다른 이미지가 빛을 발한다. 이미지는 독특해서 환히 빛나고 시적 존재를 유지한다.

우리는 '인간에게 불을 주기 위해서 하늘의 불을 훔친 영웅 프로메테우스'라는 프로메테우스적 정신 prométhéisme의 근본 이미지를 주시할 것이다. 그리고 이 이미지가 시적 몽상들의 어떤 통합에서 정당하게 인정될 수 있는지 보여줄 것이다. 시적 프로메테우스는 우리를 인간의 미학에 초대한다.

이 장의 잠정적인 구상

나는 다음과 같은 움직임을 확장시킬 것이다.

---

2) 앙드레 지드 André Gide, 『사슬에 잘못 묶인 프로메테우스 Le Promethée mal enchaîné』, NRF, 1899.

— 태양 원반에서 프로메테우스의 불까지

— 찔린 눈과 시선의 불[a]

이어서 인내와 능란함을 종합해주는 마찰의 꿈들songes du frottement이 올 것이다. 항상 아는 것에서 행동하는 것으로, 머리에서 손으로, 시작하는 행위에서 지속되는 행위로 넘어가야 한다. 어쨌든, 불을 만드는 데는 기계적인 두 가지 방법뿐이다. 마찰과 충격, 좀더 정확히 말하자면 부드럽고 느린 마찰과 강하고 짧은 마찰. 여성의 불과 남성의 불.

불의 창조에 대한 긍정적 이미지들을 해결하고 나면 나는 이렇게 말할 것이다. 이러한 힘을 창조하는 자는 사람들에게 인정받음으로써 다른 힘을 얻게 된다고 말이다. 프로메테우스 전설은 인간의 형태로 진흙을 반죽해 인간화된 점토에 자신의 숨결로 생기를 불어넣는 프로메테우스로 풍요로워진다.

그런데 불을 주는 프로메테우스와 자신의 숨결로 점토에 생명을 불어넣는 프로메테우스는 서로 아무 관계가 없는가? 우리

---

a) '찔린 눈과 시선의 불'이라는 주제는 '프로메테우스' 항목에 들어 있고 에우리피데스의 『키클로페스Cyclopes』의 한 장면을 해설하는 따로 보관되어 있던 텍스트로 명백해진다. 우리는 이 텍스트를 이 장의 잠정적인 계획에 이어 싣기로 한다.

가 구멍 뚫는 도구의 광상(鑛床)에서의 불의 탄생과 부드러운 숨결이 부싯돌에 불어넣는 삶을 좀더 가까이에서 체험한다면 이 두 프로메테우스의 은밀한 결합을 이해할 것이다. 그렇지만 그 누가 여전히 첫 불똥 위로, 잿더미 아래에서 언제든 다시 발견되는 잉걸불 위로 부드럽게 숨을 내쉬면서 꿈을 꾸겠는가!

여기에 '불을 불어 지피기'에 관한 두세 페이지가 있다.[b]

의성어.

말해진 불.[c]

창조된 불과 체험한 불의 이미지, 두 개의 중대한 이미지, 두 프로메테우스를 결합한 몽상가는 드물다. 제라르 드 네르발 Gérard de Nerval의 꿈을 인용할 것.[d]

신에 대항하는 인간의 투쟁, 제우스에 도전하는 프로메테우스의 투쟁에 접근할 것. 프로메테우스는 반(反)프로메테우스와 투쟁하고 있다. 도전. 정신분석학자는 제우스에 대항하는 투쟁

---

b) 이 테마에 관한 전개부는 전혀 발견하지 못했다.

c) 따로 보관되어 있던 주: "불길의 결정체는 꿈꾸는 눈을 즐겁게 한다. 그러나 결정체 형성은 멋진 귀의 꿈이기도 하다. 시적 행위는 귀를 위해 눈의 모든 기쁨을 해석해야 한다. 불의 소리들은 고유한 어휘를 유도한다. 이미지의 세부에서조차 시적인 불은 예민하다. 시인은 교감뿐만 아니라 종합도 발견한다."

d) 『오렐리아Aurélia』(제1부, X절) 속에 나타난 네르발의 꿈에 관한 것이다. 우리는 별도의 자료 중 '프로메테우스, 네르발의 라마'라는 항에서 그 설명을 발견했다. 다음 페이지에 이 설명을 싣는다.

을 아버지에 대항하는 투쟁으로 해석할 수 있을 것이다.[c] 시학의 선상에서 '프로메테우스 콤플렉스'[f]를 다시 볼 것. 불로 흥분된 세상. 극단적인 세계 속으로의 진입. 명상된 프로메테우스

---

e) G.B.는 신들에게서 불을 훔쳐다준 자인 프로메테우스 신화에 대한 프로이트의 놀라운 해석을 모르고 있었다(「불의 획득에 관하여 Zur Gewinnug des Feuers」, 1932, 『전집 Gesammelte Werke』, Bd XVI, 3~9, 불역판 J. 라플랑슈 Laplanche와 J. 세다 Sédat, 「불의 획득에 관하여 Sur la prise de possession du feu」, 『결과들, 개념들, 문제점들 Résultats, idées, problèmes II』, PUF, 1985, 191~196쪽). 그것은 장 라플랑슈의 가정을 확인해주고 있다(『문제 제기-승화 Problématiques III : La Sublimation』, PUF, 149쪽부터).

프로이트는 '여전히 신과 같은 문화적 영웅'인 티탄 프로메테우스 신화를 '충동적인 삶의 패배(Niederlage des Trieblebens)'로 이해했다. 프로이트에 의하면, 불을 지배하기 위한 조건은 오줌을 누어 불을 끄려는 즐거움을 포기하는 것이다. "우리가 근친상간을 통해 알고 있는 것처럼, 어린아이가 포기해야만 하는 모든 욕망 충족이 신화에서 신들에게 부여되고 있다는 것은 잘 알려진 사실이다. 우리는 분석적인 용어로 다음과 같이 말할 것이다. 충동적 삶, 이드 Id는 불 끄기를 포기하는 것에 속아넘어간 신이라고 말이다. 전설에서 인간의 욕망은 신성의 특권으로 변형되었다. 그렇지만 전설에서 신성은 초자아의 특성을 전혀 가지고 있지 않으며, 그것은 여전히 우월한 힘을 갖고 있는 충동적 삶을 대표하는 것이다…… (불을 지닌 자)는 충동적으로 포기했고(Triebverzicht), 이런 충동적인 포기들이 문화적 목적에 얼마나 유익하며, 얼마나 필수적인지 보여주었다. 그런데 왜, 전설에 의해서는 이런 문화적인 혜택이 결국 벌을 받아야 하는 죄처럼 취급되어야 하는가? 전설이 모든 변형을 통해서, 불을 소유하는 것은 충동적인 포기를 전제한다는 사실을 드러내고 있음에도 불구하고, 전설은 충동에 의해 인도된 인류가 문화적 영웅에 대항해서 느낄 수 있었던 원한을 공개적으로 표현하고 있다"(같은 책, 193쪽).

그런데 프로이트는 다음과 같은 사실을 인정했다. "불에 관한 다른 신화들과

는 우리를 활동에, 그렇지만 통제된 활동 속에 집어넣는다. 불을 지피고 불길을 타오르게 하는 인간은 세계의 힘들을 과대평가하면서 또한 지배하고 통제하려고 애쓴다.

시적인 프로메테우스의 이미지들은 항상 인간의 본성을 한층 더 높여주는 정신적 행위를 가리킨다. 정신현상의 미학, 다시 말해서 정신의 삶을 견고하게 하고 활기차게 해주는 정신적 행위는 프로메테우스의 기호 아래 놓일 수 있을 것이다.

마찬가지로, 프로메테우스 전설의 불투명성은, 원시인들에게 불이란 어쩔 수 없이 사랑의 열정과 흡사한 것으로— 우리는 그것을 리비도의 상징과 같은 것이라고 말할 것이다— 나타난다는 사실로 더욱 커진다"(194쪽).

프로이트는 불의 약탈자인 프로메테우스 신화와 레르네의 히드라를 정복한 헤라클레스 신화를 접목시키면서, 이 두번째 신화 속에서 물과 불이라는 두 대립항을 도치함으로써 표출된 내용을 전환하고 나서 신화의 비밀을 좀더 깊이 파고들어갈 수 있기를 바랐다.

프로이트 분석의 마지막 부분에, 해석의 무모함이 지식의 겸손함으로 변하는 점을 지적하는 것은 흥미로운 일처럼 여겨진다. "프로메테우스는 불의 소등을 금지했고, 헤라클레스는 재앙으로 변할 수 있는 화재의 경우에 한해서 그것을 허락했다. 이 두번째 신화는 불의 소유라는 사실 앞에서, 좀더 최근의 문화적 시대의 반응에 상응하는 것으로 여겨진다. 우리는 그 점에서부터 신화의 비밀을 캐낼 수 있을 것이라 생각하지만, 물론, 잠깐 동안만 확실한 감정(Gefühl des Sicherheit)이 든다."

f) 즉 이것은 『불의 정신분석 La Psychanalyse du feu』(1938)의 '프로메테우스 콤플렉스'를 말하는 것이다.

집필 구상에 언급된 두 텍스트에 관한 설명

　─ 에우리피데스의 『키클로페스』의 한 장면에 대한 설명[g]

　찌바른 오디세우스가 키클로페스의 눈을 찌르려고 하는 장면을 다시 읽어보자(에우리피데스, t. I, 『키클로페스』, 루이 메리디에 Louis Méridier 역, Les belles-Lettres 편집, 1925, v. 454~463, 595~602).

　"오디세우스─ 바코스에게 정복당한 키클로페스가 한숨지을 때, 그의 집에는 올리브 나뭇가지가 있으니, 나는 단검으로 끝을 날카롭게 다듬어 불 속에 집어넣을 것이오. 그리고 그것이 불에 타 석회처럼 단단해지면, 그 뜨거운 것을 끄집어내서 키클로페스 눈 한가운데에 꽂아, 열기로 그의 눈을 멀게 할 것이오. 선박의 부품을 끼워맞추면서 두 겹의 밧줄로 착암기를 조정하는 사람처럼, 나는 빛의 소재지인 키클로페스의 눈 속에서 불씨를 돌릴 것이며, 그의 눈동자를 말려버릴 것이오.

　(……)

　합창대장 ─ 우리의 바람은 바위와 강철처럼 강건할 것이오.

　오디세우스 ─ 에트나의 군주, 헤파이스토스여! 그의 눈의 밝

---

g) '프로메테우스' 항목에 '찔린 눈과 시선의 불'의 테마와 관련 있는 에우리피데스의 『키클로페스』의 한 장면에 대한 설명(앞의 각주 a) 참조).

음을 불태워버리고 단번에 사악한 이웃에게서 벗어나시오. 그리고 어두운 밤, 잠의 자손인 당신, 온 힘을 다하여 신들이 증오하는 이 짐승에게 달려드시오!"

천천히 읽어나가는 동안 얼마나 많은 몽상이 솟아오르는가! 키클로페스 이마 한가운데 외눈이라. 키클로페스의 눈이 회오리치는 불을 내던지지는 않는가? 눈의 둥근 윤곽을 따라 완전히 돌려가면서 그 눈을 후벼파야 한다. 많이 돌려 후벼팔수록 많이 복수하는 것이다. 단검으로 잘라 다듬은 올리브 나뭇가지 끝이 투창처럼 뾰족해진다 해도 충분치 않으리라. 오디세우스는 나무를 불태워 단단하게 만든다. 초록빛 나무가 검은 나무로 변한다. 나무는 뜨거운 쇠와 같은 것이리라. 키클로페스 눈 속에서 깊은 불이 타고 있다. 그리고 이 시선의 불을 끄기 위해서는 반(反)불이 있어야 한다. 이 횃불은 그의 불구멍 속에서 뾰족한 도구가 된다. 불을 끄려는 몽상이 불을 탄생시키는 몽상과 합류한다. 이 시선의 불을 끄기를 원할 때, 그 깊숙한 온상까지 불을 끄기를 원하면, 뾰족한 도구로 불을 창조했던 것과는 정반대의 이미지를 경험하게 될 것이다. 불의 탄생과 불의 죽음이 같은 이미지 안에서 결합하는 것이다.[h)]

---

h) G. B.는 방주에 에우리피데스에게 영감을 준 『오디세이아』 텍스트를 참조하겠다는 계획을 표시해놓았다. 『오디세이아 Odyssée』, IX, v. 308~400.

—네르발의 꿈에 대한 설명[i]

　불을 주는 자가 동시에 점토로 인간을 만드는 제작자라고 해도 그것은 단순히 힘들의 만남이 아니다. 살아 있는 존재를 제작하면서 이미 불길의 힘을 그에게 불어넣는 것이다. 위대한 몽상가는 불의 창조자와 형태의 창조자라는 창조자의 이중적 행위를 되찾는다. 네르발이 깊은 밤의 어둠을 가로질러 나가 노동의 도시를 탐험하는 페이지를 다시 읽어보도록 하자(『오렐리아』, éd. Corti, 1943, 44쪽). "나는 어느 아틀리에로 들어갔다. 그곳에서 나는 라마 모양의 거대한 동물을 점토로 빚고 있는 노동자들을 보았다. 그런데, 그 동물은 커다란 날개가 달려 있어야 할 것처럼 보였다. 불길이 그 괴물을 관통하며 그에게 조금씩 생기를 불어넣는 듯했다. 그리하여 수천 개의 자줏빛 망이 파고 들어간 그 괴물은 동맥과 정맥을 형성하면서, 그리고 털뭉치와 지느러미의 섬유질 부속체로 즉석에서 만들어진 식물의 모습을 띠고 있던, 말하자면 자동력이 없는 물질을 번식력이 있게 만들면서 몸을 비틀었다. 나는 이 걸작품을 감상하느라 걸음을 멈췄다. 뜻하지 않게 신의 창조의 비밀을 간파한 것 같았다.

---

i) '프로메테우스, 네르발의 라마' 라는 항목에서 목차에 언급된 네르발의 꿈에 대한 설명(『오렐리아』, 제1부, X장). (앞의 각주 d) 참조).

'사람들이 내게 말한다. 우리는 여기에서, 최초의 존재들에게 생기를 불어넣어준 원초적인 불을 보고 있는 것이다. 옛날에는 대지의 표면까지 도약했으나 이제 그 원천이 고갈되었다.'"

이렇게, 형태를 갖춘 것은 힘을 가지게 된다. 빚어진 점토는 마치 스스로 제작자의 재능을 완성하려는 듯 조금 먼저 뒤틀린다. 삶은 불길이며, 불길은 삶이다. 불길 속에서 삶이 피어오르고 네르발의 라마는 날개를 가질 것이다.

이 글을 명상하면서 우리는 신과 인간의 경계에 있는 네르발의 몽상을 따라갈 수 있다. 질료에 활력을 넣어주는 프로메테우스적 행위를 꿈꾸자마자 그는 곧 금은 세공사들이 지상에 알려지지 않은 철강을 가지고 일하는 또다른 아틀리에로 들어간다. "진사와 흡사한 붉은 철과 쪽빛 철. 장식들은 망치로 두드려져 단련되지도 않았고 끌로 조각되어 있지도 않았지만 형태가 잡히고 착색되었으며 마치 어떤 화학적 혼합이 만들어내는 철제 식물처럼 활짝 피어 있었다." 이것은 프로메테우스적 행위의 서곡이 아니겠는가? 네르발이 한 직공에게 묻는다. "인간은 만들지 않나요?" 내가 한 직공에게 묻자 그는 이렇게 대답한다. "인간은 아래가 아니라 위에서부터 오는 것이오. 우리가 우리 자신을 창조할 수 있겠소?"

프로메테우스적 행위가 실현될 수 없다고 해도, 그것을 꿈꿀 수는 있는 것이다. 네르발의 꿈은 우리를 인간과 사물의 주인에 대항하여 싸울 수 있고 또 싸워야 하는 프로메테우스의 상황 속으로 데려간다. 나는 집요하게 존재한다. 그러므로 나는 계속해서 창조한다 ……계속 나 자신을 창조하는 것이다.

프로메테우스가 네르발의 꿈의 행위자이지만 그 이름이 말해지지 않았다는 점에 주목해보자. 어쩌면『판도라』의 마지막 몇 줄이 우리에게 이 침묵의 비밀을 알려줄지도 모른다.

"나는 이듬해가 되어서야 추운 북방 도시에서 판도라를 다시 보았다…… 오 신들의 아들, 인간의 아버지여, 이제 좀 멈추시오. 그녀가 외쳤다. 지난해처럼 오늘이 성 실베스트르 축일이군요. 당신이 제우스에게서 훔쳐온 하늘의 불을 어디에 감추었소?

나는 대답하고 싶지 않았다. 이상하게 프로메테우스라는 이름은 늘 내 마음에 들지 않는다. 영원히 지속되던 매의 부리로부터 전사가 나를 해방시켜주었지만, 여전히 나는 옆구리에 그 부리를 느끼고 있기 때문이다.

오 제우스여, 내 고통은 언제 끝날 것인가?"

집필 구상의 항목을 밝혀주는 주석들,
전개부의 단편들

인간의 미학 개념에 대한 서문
초인간적인 인간, 프로메테우스
절대적 승화

정신적 활동이 정돈된 방법으로 구성되고 진보하듯 전개될
때, 이 활동은 작품의 의미를, 인간의 미학의 의미를 지닌다. 사
람들이 정신적 미학에서의 지식의 반향에 민감해질 때, 알고자
하는 욕심이 지식 습득의 속도를 심리적으로 배가시킬 때, 일종
의 확산된 프로메테우스적 정신은 지식 습득에 전념한다. 이런
지식은 다른 이들에게서, 책에서 오는 것이지만, 한편 우리를
우리 자신의 위로, 평범한 본성 그 위로 끌어올리는, 완전히 우리
의 것인 지식이 있다. 일종의 거만한 힘이 정신 노동자에게 활력
을 주는 것이다.

　여러 신화와 문화의 과거 유산이 전해주는 프로메테우스의
다양한 모습은 우리 안에 뿌리를 내려 자아의 초월이라는 정신
공학psychotechnique을 권장한다. 고고학자들이 프로메테우
스의 모습에 대해 새로운 특성을 전해주면 우리는 곧 그 모습에
서 심미적 활동을 들추어낸다. 어쨌든, 이 대단한 형상들이 우
리 안에서 심리적으로 활동적이기 위해서는, 우리가 그것들을
우리 고유의 본성을 초월하려는 어떤 시도처럼―좀더 나아가

어떤 유혹처럼 ― 살아야 한다. 우리는 초인간적인 인간을 경험하고 싶어지는 것이다. 우리는 부차적인 많은 외양의 특성들이 교양 있는 사람의 지나친 신중함 때문에 정지된 도약을 우리의 상상력 안에서 깨우고 있다는 점을 살펴볼 것이다. 당장에는, 우리가 체험한 프로메테우스적 정신에서 초월적 존재un plus-qu'être를 향해 충동을 줄 수 있는 것만 생각하기로 하자.

그렇지만, 존재의 상승을 체험하기 위해서는 그 출발점에 대한 분명한 의식을 간직해야 한다.[j]

지식을 함양하려고 노력할 때 사람들은 각자 자기 자신의 프로메테우스인 것처럼 보인다. 꿈꾸는 손가락 아래에서 과거는 점토인 것이다. 사람들은 무엇인가 만들 것을 가지고 있었다. 이러한 과거 수련 시기에 사람들은 그렇게 실행했다. 그러나 여전히 모든 것은 만들어야 할 것이며, 우선 우리 자신을 만들어야 한다. 하나의 지식 연마 기회에서 다른 기회로 옮겨가는 분산된 프로메테우스적 정신을 진정한 생성의 선상에 놓을 수만 있다면 얼마나 다행인가! 그렇지만 그것은 이미지들에 의존하여 진척시켜가는 책에서 우리가 할 임무는 아닐 것이다.

우리가 제시할 모든 자료는 상상과 축소의 변증법 안에 놓일

---

[j] G. B.의 방주 : "발전시켜야 할 것."

것이다. 우선 우리는 축소를 통해 프로메테우스적 존재를 극도로 단순화시키고 있는 자료들을 제시할 것이다. 예를 들어, 지나치게 인간적으로 묘사되고 지나치게 일상적인 말로 가르쳐진 신화는 처음부터 축소를 초래하여 시적 확산에 이르는 과도함을 가로막는 것이다. 그와는 반대로, 『공간의 시학』[k) 서문에서 대략 그 윤곽을 보여주었듯이, 우리는 승화가 절대적인 승화가 되려는 경향을 나타내는 예들에 전념할 것이다. 그러면 우리는 정말로 시적인 것의 세계로 들어가기 위해 사실들의 경계를 넘어섰음을 확신하게 될 것이다. 만일 승화의 다발을 묶을 수만 있다면, 진정으로 하나의 시학을, 프로메테우스의 시학을 형성할 수 있을 것이다.

드라마틱한 서정적 프로메테우스의 모습들에서 나타나는 것

---

k) 『공간의 시학』(1957)(coll. 〈Quadrige〉, PUF, 13쪽) 참조. "시에서 승화란 세속적으로 불행한 영혼의 심리 그 위로 불쑥 솟아올라와 있는 것이다. 그것은 명확한 사실이다. 즉, 시란 그것이 어떤 형태의 드라마를 보여주도록 된 것이건 간에, 그 시의 고유한 행복을 가지고 있는 것이다. 우리가 고찰하는 대로의 순수한 승화는 방법상 드라마틱한 문제를 제기한다. 왜냐하면, 현상학자는 분명히 정신분석에 의해 그토록 오래 연구된 승화과정의 깊은 심리적 현실성을 무시할 수는 없을 것이니 말이다. 그렇지만 문제는, 체험되지 않은 이미지들에게로, 삶이 마련해주는 것이 아니라 시인이 창조하는 이미지들에게로, 현상학적으로 접근하는 것이다. 문제는 체험하지 않은 것을 경험하고 언어의 개방성에 자신을 여는 것이다."

처럼, 극단적인 축소와 절대적인 승화 사이에 인간적인 것으로의 축소와 시적 확산의 복잡한 놀이가 개입된다. 프로메테우스의 이미지가 부여하는 심리적 역동성의 혜택을 보기 위해서는 그를 초월적 존재에 대한 욕구에 부합하는 존재로 파악해야 한다. 그러므로 프로메테우스는 초인간un plus qu'homme이다. 그렇지만, 극작가가 처하는 상황이 일반적으로 대략 초안된 상황에 부합하므로 그 초인간은 드라마에서 반인간un contre-homme과 만날 필요가 있다. 예를 들어 괴테는 프로메테우스와 제우스 사이에 형성된 분노의 적대관계를 강조한다. 도전은 승리의 첫 원동력이다.

〔글은 여기서 중단되었다. 괴테를 암시하는 것은 분명 「프로메테우스의 오드」(제우스에게 고하는 프로메테우스의 독백)와 그것이 한 부분을 이루고 있는 '프로메테우스'라는 제목의 미완성 희곡을 염두에 둔 것이었다(1773~74)〕

너의 하늘을 덮어라, 제우스여.
안개와 구름으로,
그리고 엉겅퀴를 꺾으며 노는
어린애와 흡사하게

떡갈나무와 산꼭대기 위에서 그대의 힘을 시험하라.

그러나 나의 대지는

나에게 남겨두어라

그대가 짓지 않은 내 오두막과

그대가 나에게서 시샘하는

내 화로와

그 불길도.

(……)

티탄들의 무례함에 대항하여

그 누가 나를 구하러 왔는가?

그 누가 나를 죽음에서,

그리고 속박에서 구해주었던가?

불타는 마음이여, 고집 센 마음이여

그대 스스로 그 모든 것을 수행하지 않았단 말이냐?

그리고 그대는, 그대의 젊음과 그대의 친절함과

그대의 착각 속에서

저 위의 잠자는 자에 대해 감사하는 마음으로 불타올랐다.

내가 그대를 숭배해야 한다고? 무슨 명목으로 말인가?

('자신의 아틀리에에서 프로메테우스의 독백', 「프로메테우스」

제3막)

〔희곡 제1막은 프로메테우스와 메르쿠리우스의 대화로 시작한다.〕

프로메테우스

(……)

내 의지에 대항하는 그들의 의지

하나에 대항하는 하나

평등한 균형처럼 여겨진다 !

(……)

메르쿠리우스

불행한 자여! 그런 식으로 그들을 대하는 것이냐?

너의 신들, 영원한 자들을?

프로메테우스

신이라고? 나는 신이 아니다.

그리고 그들 중 누구라 해도 내가 그만큼의 가치는 있다고 생각한다.

(블레즈 브리오Blaise Briod 번역,『괴테 희곡』, Pléiade, NRF, 1942)

〔따로 보관되어 있던 G. B.의 주〕:

발랑슈Ballanche에게 : "프로메테우스, 그는 자기 사고의 에 너지로 스스로를 형성하는 인간이다"(『전집』, t. III, éd. Paris et Genève, 1830, 110쪽). 매일, 너의 정신적 열정의 프로메테우스 이거라.

나는 괴테가 자신을 프로메테우스에 비유하고 있는 텍스트에 긴 주석을 달 것이다.[1]

"우리 모두 지니고 있는 인간의 공동 운명은 지적 기능의 발 달과정이 더 조숙하고 폭넓은 자들에게 더욱 무거운 것이리 라…… 결국, 인간은 항상 자신을 성찰하도록 강요당한다. 나는 어린 시절부터, 사람들은 가장 힘든 순간에 '의사여, 너 자신을

---

[1] 이 주석이 암시하고 있는 괴테의 텍스트는 「시와 진리」의 한 텍스트로 제14권 제3부(1814)이다. 괴테는 자신의 '풍요로운 재능'을 자랑으로 여기면서 프로메 테우스의 이미지를 원용하고, 우리가 방금 언급한 프로메테우스의 독백이 독일 문학에 일으킨 반향을 상기시키고 있다. 이 독백은 1785년 자코비Fr. H. Jacobi 에 의해 그의 시론 「스피노자의 독트린에 관하여」에 삽입되어 처음으로 출간되 었다. 이 시론은 범신론과 유일신론의 논쟁에 개입하며 레싱Lessing에 반대하 는 논쟁적인 시론이다. G. B.가 택한 「시와 진리」 텍스트는 다음과 같다(괴테, 「시와 진리Poésie et Vérité」, 『그의 추억과 생애 See mémoires et sa vie』, t. I, 앙리 리슐로Henri Richelot 역, Paris, Hetzel, 641~643쪽, 날짜는 표시되어 있 지 않지만 1857년보다 몇 년 후이다).

치료해라' 라고 소리친다는 생각이 자주 들었다. 얼마나 여러 번 고통스러운 한숨을 지으며 '나는 혼자서 압착기를 압착한다' 라고 나 자신에게 말해야 했던가. 나의 독립을 보장해주는 방법을 생각할 때면 가장 확실한 것은 내가 가진 풍요로운 재능이라고 생각했다. 몇 년 전부터 그 재능은 단 한 순간도 나를 떠나지 않았다…… 내 고유의 것이자, 외부의 그 어느 것도 그에 유리하게 작용할 수도 대립할 수도 없는 이 천부적인 재능을 생각하면서 나는 내 온 존재의 근거를 그 위에 세우는 데 만족했다. 이생각은 하나의 이미지로 바뀌었다. 오래된 신화적 형상이 나를 사로잡았다. 그것은 신들에게서 떨어져나와 자신의 아틀리에 저 깊은 곳에서부터 온 세계를 채워넣는 프로메테우스의 이미지였다. 나는 자신을 고립시키지 않고는 주목할 만한 그 무엇도 생산할 수 없다는 것을 느꼈다. 큰 성공을 거둔 내 작품들은 고독의 산물이었다. 내가 세상에 더욱 널리 알려진 이래로, 나에게는 힘도 창작적 열정도 결코 부족하지 않았지만 작품 완성은 좀처럼 잘되지 않았다. 산문이나 시에서 내 고유의 문체를 찾지 못했기 때문이다. 그리고 새로운 작업을 할 때마다 암중모색과 시도가 다시 시작되었기 때문이다. 사람들의 도움을 차단하고 그것으로부터 멀리 떨어져 있고 싶었던 나는 프로메테우스를 본받아 신과 나를 분리했다. 이것은 너무나 자연스럽게 이루어졌다. 왜냐하면 내 성격과 지적 습관에서는 늘 하나의 생각이 다른 것들을 매몰시키고 내쫓아버리기 때문이었다.

프로메테우스 신화는 내 안에서 활기를 띠었다. 나는 내 크기에 맞춰 티탄의 낡은 옷을 제작했다. 그리고 더 깊이 성찰하지 않고, 프로메테우스가 자기 손으로 인간을 만들고 미네르바의 도움을 얻어 인간에게 활기를 불어넣어주며 제3의 왕국을 세움으로써 제우스와 새로운 신들을 자극한 불만을 되짚어가면서 작품을 쓰기 시작했다. 통치하고 있던 신들은 티탄과 인간 사이에 불법으로 개입한 존재로 간주될 수 있었으니 불평할 자격이 있었다. 시구로 된 독백이 이런 기이한 구성에 속하며, 그것은 레싱에게 독트린과 감정의 중요한 문제들에 대하여 자코비와 대립되는 입장을 표명할 기회를 주면서 독일 문학에서 중요한 역할을 했다……

이런 주제가 철학적 고찰, 심지어 종교적 고찰을 야기할 수 있다고 해도, 그것은 무엇보다도 시의 분야이다. 일신교에서 악마가 그렇듯이, 다신교에서는 티탄들이 이를테면 그림에서의 어둠과 같은 것이다(Die Titanen sind die Folie des Polytheismus). 그래도 악마는 그가 대립하고 있는 유일신과 마찬가지로 시적 형상은 아니다. 꽤 잘 묘사된 밀턴Milton의 사탄에게는 지고한 존재의 멋진 창조물을 파괴하려고 노력하면서 하급 작품을 완성한다는 결점이 있다. 반면 프로메테우스에게는 그보다 높은 존재들에도 불구하고 생산하고 창조할 수 있다는 장점이 있다. 게다가 세계의 지고한 지도자가 아니라 중간자, 더군다나 그러한 일에 필요한 위엄을 지닌 중간자적 존재가 인간을 창조한다는 생각은 멋진 생각이며 시에 적합한 생각이다. 신적이며 인간적인 상징에서 그리스 신화의 풍부함은 고갈되지 않는다."

프로메테우스의 간계
프로메테우스 – 에피메테우스 '커플'

이아페토스에게는 아들이 네 명 있었다. 아틀라스, 메노에티오스, 프로메테우스, 에피메테우스. 흔히, 어린 두 아들은 간략한 변증법에서 이를테면 쌍둥이 커플을 형성하는 대립자로 간주된다. '나중에 생각하는 자'라는 에피메테우스의 의미와 대조적인 의미로, "그리스 사람들 스스로 프로메테우스에게 부여한 '먼저 생각하는 자'라는 분명한 의미를 단념해야 할 충분한 이유가 있었던 것 같지는 않다. 그들은 이렇게 신중한 형제와 미치광이 형제를 대립시키고, 현명한 자와 어리석은 자를 대립시켰다"(프레이저 Frazer, 『불의 기원에 관한 신화 *Mythes sur l'origine du feu*』, G. M. Michel Drucker 역, éd. Payot, 1931, 239쪽). 프로

Pro-와 에피Epi-의 대립을 보면 모든 것이 분명해지는 것 같다. 프로메테우스는 에피메테우스보다 더 똑똑하다. 이후의 지능은 이전의 지능만한 가치가 없다. 그러므로 사람들은 그 어리석음만 인식할 뿐이다. 이처럼 프로메테우스는 천부적인 지능의 모델로 나타날 수 있다.

케레니Kérény는 판도라가 최초의 여자(die Ur-Frau)이므로, 프로메테우스와 에피메테우스가 아마도 원래는 '혼합적 존재, 최초의 남자(ein Zwitterwesen, den Ur-Mann)'를 형성하지 않았을까 자문한다. 헤시오도스[m]에게서 영감을 받은 그는 『니오베 *Niobe*』에서, 둘이 함께 '구별할 수 없는 단일성(ungeschiedene Einheit)'을 형성하고 있는 꾀바른 프로메테우스와 어리석은 에피메테우스의 상호 보충성을 다시 언급한다. 프로메테우스와 에피메테우스는 하나의 동일한 형상Gestalt의 두 가지 다른 모습과 같다. "프로메테우스와 에피메테우스의 이중적 형태는 인종, 좀더 정확히 말하자면 인간의 종족을 나타낸다. 교활함과 어리석음은 서로서로 보완하면서 인류의 특성을 말해준다. 프로메테우스적인 교활함(Schlauheit)과 에피메테우스적인

---

m) 헤시오도스Hesiodos는 몇 마디로, 좀더 세심한 대립, 즉 프로메테우스의 다양한 간계의 유동성과 에피메테우스의 정신적 방황이라는 대립을 상기시킨다(『신통기 *Théogonie*』, v. 510~511).

어리석음(Dummheit)이 없는 인류는 전혀 존재하지 않는다"(『니오베』, 41쪽). 이러한 특성은 「교활한 자의 신화와 그리스 신화론」에서는 "프로메테우스의 공적은 꾀바르면서 동시에 어리석은 자신의 모습을 드러낸 것이다. 즉, 프로메테우스는 프로메테우스이며 동시에 에피메테우스이다"(『신과 같은 사기꾼 *Le fripon divin*』, 159쪽)라고까지 말하는 케레니의 이전 연구에서도 계속해서 나타나는 것이다. 이렇듯 어리석음은 교활함의 대칭항이다. 교활함이 또한 어리석음이라고 말하는 것 역시 과장된 것은 아니다.

그렇다. 간계가 진정한 지능은 아니다. 꾀바른 프로메테우스는 결국 '축소'로 나타난다. 완전한 프로메테우스, 시적인 프로메테우스의 축소로 나타나는 것이다.(다시 검토하고 발전시킬 것.)

가스통 바슐라르가 참조한 카를 케레니의 작품들

『프로메테우스 *Prometheus, Das Griechische Mythologen von des menschlichen Existenz*』, Zürich, Rhein-Verlag, 1946.

『니오베 *Niobe, Neue Studien über antike Religion und Humanität*』, Zurich, Rhein-Verlag, 1949.

『그리스인들의 신화론―신들과 인류의 역사*La mythologie des Grecs, Histoires des dieux et de l'humanité*』, 앙리에트 드 로겡Henriette de Roguin 역, Payot, 1952(독일어판, Zurich, Rhein-Verlag, 1951).

『고대 종교*La religion antique*』, Y. Le Lay 역, Genève, Georg, 1957.

「교활한 자의 신화와 그리스 신화론Le mythe du fripon et la mythologie grecque」, 아르투어 라이스Arthur Reiss 불어 번역판 초판, in C. G. 융, 카를 케레니, 폴 라댕Paul Radin 공저 『신과 같은 사기꾼, 인디언 신화 *Le fripon divin, un mythe indien*』, Genève, Georg, 1958.

프로메테우스 콤플렉스.
불의 지능적 지배

[『불의 정신분석』 텍스트 중 한 부분을 상기해보도록 하자(éd. Gallimard, 〈Folio-Essais〉 시리즈, 26쪽).]

"인간에게는 진정한 지성의 의지가 있다. 프래그머티즘과 베르그송주의가 실행한 대로 완전히 유용성 원칙에 의존해서 인간의 '이해하려는 욕구'를 고려한다면 그 욕구를 과소평가하는 것이다. 그러므로 우리는, 우리 아버지만큼, 아니 아버지보다 더 많이, 또 우리 스승들만큼, 아니 그 이상 알도록 우리를 부추기는 모든 성향을 프로메테우스 콤플렉스라는 이름 아래 분류할 것을 제안한다."

〔이어지는 텍스트는 '프로메테우스 콤플렉스' 항목에 있는 전개부의 도입 부분이다.〕

프로메테우스 콤플렉스—내가 그 복잡한 성격을 다시 언급할 단락.

사람들이 프로메테우스 신화를 언급하면서 가장 자주 덧붙이는 것이 불복종의 표시이다. 그 점에서 우리는 콤플렉스의 시사성을 느낀다. 프로메테우스 신화에서 사람들은 오로지 불복종의 매혹만 생각한다. 이런 형태에서 콤플렉스는 탁월한 시사성을 갖는다. 그런데 더 아득히 먼 전설에서 그 흔적을 찾는 것도 어려운 일은 아니다. 인류학자들이 의도적으로 생기 없는 문체로 쓴 몇 가지 전설을 인용해보겠다.[3] 예를 들어 프레이저가 인

---

3) 이 점에서 나는 독자들에게 고백해야 한다. 나는 인류학적 프로메테우스에게 고고학적 프로메테우스에게 보내는 것과 똑같은 지지를 보낼 수 없다. 그러나 장엄함을 향한 나의 도약에 제동을 거는 것이 아마 내게 좋을 것이다.

용한 폴리네시아의 〈불의 기원에 관한 신화〉의 긴 이야기에는 (앞의 책, 78쪽 이하) 자신의 양식을 어디에서 어떻게 요리하게 하는지 아들에게 말해주지 않는 아버지가 등장한다. 아버지는 '익살스럽고 장난을 좋아하는' 아들을 경계한다. 아이는 호기심에 불을 훔친다. 이야기는 작은 사건들로 점철되어 있고, 끝없는 논쟁으로 새롭게 전개된다. 선조들에게서 불을 훔칠 때마다 아들은 '불을 가져가지 말라고' 명령하는 아버지에게 불복종하는 것이다. "또다시 최고령자의 절제된 정신이 가장 젊은이의 장난기 때문에 실패로 돌아가는 것이다."

마치 모든 도둑질과 불복종이 프로메테우스의 표시를 지니고 있기라도 한 것처럼, 프레이저는 당연한 듯이 이렇게 덧붙인다. "상스러운 통가니아 전설에는 고대 그리스인들의 프로메테우스를 상기시키는 그 무엇이 있다"(81쪽).

그런데 좀더 멀리 나아가보자. 영웅 프로메테우스는 건설적인 불복종의 상징이다. 아버지보다 더 잘 하기 위해서 아버지에게 불복종해야 하는 것이다. 행동하기 위해서 불복종하는 것은 창

[따로 보관되어 있던 G. B.의 주] : 프레이저의 책 같은 것을 어떤 정신으로 읽어야 하는가? 독서의 흥미를 어떤 중심축 안에서 유지할 수 있는 것인가? 하나의 전설, 그리고 그후에는 늘 또다른 전설이 있다. 다양함 그 자체가 단조롭다. 프레이저의 책을 읽는 것이 몽상가에게는 지루한 일이다.

조자의 신념이다. 인간 발전의 역사는 프로메테우스적 행위의 연속이다. 그런데, 복잡하게 짜인 개인의 삶에서도, 획득된 자율성은 일련의 프로메테우스적인 사소한 불복종, 능란하고 잘 결속된 불복종, 그리고 끈기 있게 속행된 불복종으로 이루어져 있다. 불복종은 벌을 피할 만큼 미묘할 수도 있는 것이다. 애매한 죄의식, 혼미한 죄의식이 남는다. 모든 지식에 활력을 주는 불복종의 역동성을 연구하는 것은 의미 있는 일이라고 믿는다.

프로메테우스. 지식 콤플렉스〔따로 보관되어 있던 G. B.의 주〕

프로메테우스는 불에 대한 지적 지배력을 가지고 있다. 그는 불을 훔친 자다. 우리가 어떤 보물을 훔치려고 할 때는, 탐욕의 꿈, 어떤 재산을 소유한다는 감미로운 몽상을 일단 접어둔다. 우리는 다른 이들에 대항하여 행동하는 것이다. 우리는 대담성을 의식한다. 프로메테우스가 의식을 표명한다고 말하고 있는 융의 분류 카드를 되찾을 것.

〔우리는 그 분류 카드를 찾았고(바로 아래에 수록한다) 또한 융의 같은 텍스트를 언급하는 또다른 카드를 세 장 찾았다. 이렇게 그의 전체 텍스트에서 분리시켜 따로 융을 인용하고 있는 점으로 볼 때, 분명 그것은 G. B.에게 명상의 장을 열어주었고,

그로 하여금 프로메테우스와 의식을 동일시하도록 이끌어준 핵심적 사고를 보여주고 있었다.]

프로메테우스 콤플렉스—나는 그 점에 대한 융의 생각을 알지 못한 채로『불의 정신분석』에 그 개요를 제시했다. 약 20년이 지난 후 이런 문장을 읽게 된다. "불을 준비하는 것이 '더할 나위 없는' 의식의 행위이며, 불은 어머니에게 집착하는 어두운 상태를 '없앤다'"(C. G. 융,『영혼의 변신과 그 상징들 *Métamorphoses de l'âme et ses symboles*』, 이브 르 레 Yves Le Lay 역, Genève, éd. Georg, 1953, 356쪽).

완전한 프로메테우스. 세 가지 언어

프로메테우스의 시학, 프로메테우스적 정신의 시학을 구성하기 위해서는 정신현상의 모든 가치를 향해 열려 있는 심리학을 이용할 줄 알아야 한다.[n] 현실과 상상력의 온갖 도치에 민감한

---

n) 따로 보관되어 있던 주 : "케레니는 토마스 만이 1936년에 50주년 기념식 강연 〈프로이트와 미래〉에서 발표한 연설문을 인용한다. '심리학적 관심이 모든 시에 본유의 것인 것과 마찬가지로 신화적 관심은 심리학에 본유의 것이다'(『그리스인들의 신화론』, 5쪽)."

완전한 심리학만이 완전한 프로메테우스를 설명할 수 있을 것이다. 프로메테우스는 인간도 아니고 신도 아닌 경계의 존재로서 어쩌면 인간이자 동시에 신일 수 있다. 묘사하는 심리학은 인간과 초인간의 경계에서 작용하는 가치들을 철저하게 파악할 수 없다. 그러므로 거기에는 바로 모든 심리적 사실을 적극적으로 승화하는 데 지속적으로 참여함으로써 활기를 띠는 시학이 필요한 것이다. 결국 그것은 시적 가치들이며, 좀더 정확히 말하면 정신현상의 시학의 가치들로 프로메테우스적 정신의 이미지들에 대해 끊임없이 다시 생겨나는 관심을 유지시키는 가치들이다.

우리는 융 학파의 심리학자들을 완전한 심리학의 심리학자들이라고 말할 수 있을 것이다. 그들은 집단 무의식의 가장 아득한 원형에서부터 극단적인 개인의 영성spiritualité의 긴장에까지 심리학의 연구 분야를 확장하고 있다.

프로메테우스 전설에 관해서는 어떠한가? 융 학파의 심리학자는 거기에서 불의 도난 그 이상을 볼 것이다. 불을 가져오는 자는 빛을, 정신의 빛―은유의 명확성―을, 의식을 가져오는 것이다. 프로메테우스는 인간에게 주기 위해 신들에게서 의식을 훔친 것이다. 불―빛―의식의 혜택은 인간에게 새로운 운명을 열어준다. 이러한 의식의 운명 속에서, 영성의 운명 속에서,

자신을 지탱하는 것은 얼마나 힘든 의무인가. 게르하르트 아들러Gerhard Adler는 영성에게로 이끌린 정신현상의 이런 새로운 상황의 드라마를 상기시키고 있다. "프로메테우스 전설은 의식의 빛을 주는 데 따르는 불가분의 무서운 위험을 반영한다. 죽음을 면할 수 없는 자들에게 이 빛을 가져다주는 자는 신들의 법칙을 어기는 죄를 범하지 않고는 빛을 줄 수 없으며, 자신의 본능적 삶의 중심에서 영원한 상처를 통해 이 행위를 속죄해야 한다."[4]

의식의 영광이여, 본능의 학대여!

게르하르트 아들러가 몇 줄로 적은 이 해석이 어떻게 중심적인 영성의 용어로 질문할 준비가 되어 있는 일종의 상부 언어 supra-langage로의 번역에 상응하는 것이라고 보지 않을 수 있단 말인가.

사실, 프로메테우스 전설 같은 전설에 대한 완전한 심리학 분야의 연구를 위해서는 적어도 세 가지 언어를 자유자재로 사용할 수 있어야 할 것이다.

우선, 평범한 언어, 유용성의 언어가 있을 것이다. 프레이저가

---

4) 게르하르트 아들러, 『융의 분석 이론과 실천에 관한 시론 *Essais sur la Théorie et la pratique de l'anaylse jungienne*』, L. 페아른Fearn과 J. 르클레르크 Leclercq 역, Genève, éd. Georg, 192쪽.

주목한 신화들은 명백히 음식을 익히기 위한 불의 유용성을 말하고 있다. 이러한 기호 아래에서 태즈메이니아, 멜라네시아, 폴리네시아, 미크로네시아의 '프로메테우스들'이 찬양을 받았다. 평범한 언어, 즉 인간이 말하는 모든 언어로 옮기기 쉬운 언어로 불의 혜택에 대해 말하는 것은 끝이 없을 것이다. 프레이저가 대비 효과를 주기 위해 인용한 신화들은 한결같이 불이 없는 인류의 불행을 말하고 있다.

그렇지만 불의 인간적 가치를 말하기 위해서는 유용성의 언어와는 다른 언어를 말해야 한다고 생각된다. 따뜻한 삶의 가치들에 의한 일종의 하부 언어infra-langage로 의사소통해야 하는 것이다. 우리의 기관은 화로다. 모든 열기의 언어는 우리의 본능의 역량을 보여준다. 관능성의 실존주의—다른 것이 있단 말인가?—는 이 하부 언어를 필요로 한다. 불이란, 잿더미 아래 잘 품고 있는 재산, 보존된 재산임을 느껴야 한다. 은밀한 온기의 수천 가지 꿈들이, 파묻혀 있는 불의 매력을 말해준다. 보물들은 타는 듯 뜨겁다. 우리는 그것을 향한 갈망으로 불타고 있다. 불은 우리 안에 있으며 우리 몸이 불을 저장하고 있다고 확신하는 일종의 신념이 우리의 프로메테우스적 꿈에 활기를 준다. 프레이저가 인용한 수많은 신화가 인간의 육체에서 불을 끌어왔다는 사실을 보여주고 있다.

프로메테우스가 본능적인 삶의 자리에서 '벌'을 감내해야 한다는 것은 융 학파의 정신의학자가 볼 때 놀라운 일이 아닌가. 신들은 프로메테우스에게서 불을 빼앗지 않고, 오히려 그의 육체 속에 그의 몸을 좀먹는 불을 타오르게 한다. 독수리는 살아 있는 간이라는 열기의 도가니로 그를 괴롭히러 온다. 독수리, 불새는 늘 다시 생겨나는 간을 매일 갉아먹으면서 쓰라린 상처를 되살아나게 하는 것이다. 완전한 심리학이 그의 기관의 고통을, 불타 굳어버린 간을 가진 존재를 원형의 측면에서 묘사해줄 때 비로소 프로메테우스는 완전한 영웅이 될 것이다.

그렇지만 게르하르트 아들러는 자연적 언어를 초월해서, 상부 언어에서 명철함의 길을 찾고 있다. 불이 빛으로 인해 배가되지 않는다면 지나치게 물질적인 혜택일 것이다. 사람들이 빛을 유용성으로 판단하고 명철한 의식의 세계 속으로 그 가치를 전이시키지 않는다면, 빛이란 보잘것없는 혜택에 불과할 것이다.

명철함이 군림하는 데서 초프로메테우스적 정신 surprométhéisme이 전개될 것이다.

부속 주석들

『백과사전 *Encyclopédie*』의 항목 '프로메테우스'에 있는 '설명'의 합리화를 게르하르트 아들러의 해석과 대비해서 놓기. "프로메테우스는 티탄의 가족으로 제우스가 그들에게 가한 박해에 관련되었다. 그는 카프카스 산이 있는 스키티아에 은거해야 했고, 제우스가 통치하는 동안 그곳에서 나오지 못했다. 황량한 고장에서 비참한 삶을 영위해야 하는 비애는 그의 간을 갉아먹는 독수리이다. 아니면 이 독수리가 한 철학자의 깊고 비통한 명상의 생생한 이미지는 아닐까? 스키티아 주민들은 극도로 야만스러웠으며 법도 관습도 없이 살고 있었다. 공손하고 학식 있는 이 왕자는 그들에게 좀더 인간적인 삶을 영위하도록 가르쳤다. 어쩌면 바로 이런 점 때문에 그가 미네르바의 도움을 얻어 인간을 만들었다고 전해졌는지 모르겠다. 어쨌든, 그가 하늘에서 빌려온 이 불은 그가 스키티아에 세운 대장간들이다. 아마도 프로메테우스는 그 고장에서 불을 찾아내지 못할 것을 걱정하여, 며칠 동안 불을 보존하기에 알맞은 식물인 큰 회향풀 줄기 속에 불을 넣어 그곳에 가져왔을 것이다. 마침내 프로메테우스는 스키티아의 쓸쓸한 생활에 지루해져서 최후의 날을 맞으러 그리스로 온다. 그곳에서 사람들은 그에게 신들의 영예, 적어도 영웅의 영예를 되찾아주었다. 그는 아테네의 아카데미에도 제단을 가지게 되었는데, 사람들은 그에게 경의를 표하여 횃불을 들고 불을 꺼뜨리지 않으며 이 제단에서 도시까지 달려가는 놀이를 고안해냈다." 이 항목은 조쿠르Jaucourt가 작성했다.

프로메테우스는 산꼭대기에서 불을 훔치고 카프카스 산 정상에서 신들의 복수를 감내한다.

프로메테우스는 한 새에게 고통받는다.

불, 새, 대담한 사람은 정상의 존재다.

정신분석학자는 초인간적 도약을 인간적인, 너무도 인간적인 특성으로 지칭하려는 유혹에 자주 빠질 것이다. 눈 깜짝할 사이에 정상의 존재는 그들의 원천으로 돌려보내진다.

유용성의 언어 ─ 불이 중요한 희생 도구임을 잊지 말 것.

인류학자들의 이야기는 실용적인 삶을 위한 불의 유용성만 중시한다. 그렇지만 모든 철학적 전통은 프로메테우스에게서 예술의 창시자를 본다. 프로타고라스의 신화 참조.

"신들은 이미 존재하고 있었지만, 죽음을 면할 수 없는 종족은 아직 없던 시대였다⋯⋯ 빛 속에서 그 종족들을 생산할 때, 신들은 프로메테우스와 에피메테우스에게 그 종족들이 갖추어야 할 모든 자질을 적당히 분배하라고 명령했다. 에피메테우스는 자기에게 그 임무를 맡겨달라고 프로메테우스에게 부탁했다…… 그런데, 지혜가 부족했던 에피메테우스는 주의하지 않고, 이미 모든 기능을 동물들에게 유리하게 소모해버렸다…… 이 난관 앞에서 프로메테우스는 인간을 위해 어떤 구원의 수단을 찾아야 할지 몰랐다. 결국 그는 헤파이스토스와 아테네의 예술가적 재간과 불을 한꺼번에 훔치기로 결정했다. 왜냐하면 불이 없다면 그 어느 누구도 이 재간을 얻을 수 없으며, 능란한 솜씨를 사용할 수도 없기 때문이었다. 이렇게 해서 인간은 삶에 유용한 예술을 가지게 되었다……"(플라톤, 『프로타고라스 *Protagoras*』, 320c~322a, 알프레드 크루아제 Alfred Croiset 역, Les Belles Lettres, 1941).

아이스킬로스Aeschylos는 이성적 영웅이며 과학의 발명가인 프로메테우스의 문화적 가치를 드높이는 데 더욱 앞서갔다.

프로메테우스 — "나의 침묵을 가식이라고도 완고함이라고도 생각하지 마시오. 그러나 내가 그런 식으로 모욕당할 때, 내 마음은 한 가지 생각으로 찢어질 듯하오. 말하자면 이런 것이오. 어느 다른 이가 이 새로운 신들에게 그들의 모든 특권을 보장했단 말이오? — 그렇지만 이 점에 대해서 나는 말하지 않겠소. 당신은 내가 무슨 말을 할지 알고 있소. 그런데, 죽음을 면할 수 없는 이들의 비참함을 들어보시오, 그리고 내가 어떻게 어린애 같던 그들을 사고할 수 있는 이성의 존재로 만들었는지 들어보시오. 나는 여기서 그것을 말하고 싶소. 인간을 헐뜯기 위해서가 아니라 내 선물이 그들에게 증명해 보인 선(善)을 당신에게 보여주기 위해서요. 처음에 그들은 별 관심 없이 보았고, 별 관심 없이 들었소. 꿈의 형태들과 흡사했던 그들은 무질서와 혼돈 속에서 긴 생애를 살았소. 그들은 햇빛이 내리쬐는 벽돌집을 몰랐으며 목재 일도 몰랐소. 그들은 지하에서, 햇빛이 차단된 동굴 깊숙한 곳에서, 민첩한 개미처럼 살았다오. 그들에게는 겨울을 알려주는 그 어떤 분명한 표시도 없었으며, 꽃이 만발한 봄의 표시도, 풍성한 여름의 표시도 전혀 없었소. 내가 그들에게 별들이 떠오르고 지는 어려운 학문을 가르칠 때까지 그들은 모든 것을 이성과 상관없이 행했소. 그리고 무엇보다도 먼저, 수(數)의 과학 차례가 되었소. 그것은 내가 그들을 위해 발명한 것이오. 또한 모든 것을 기억하고 예술을 빚어내는 노고인 합성 문자의 학문도 내가 그들을 위해 발명했소"(아이스킬로스, 『사슬에 묶인 프로메테우스 *Prométhée enchaîné*』, v. 436~461, 폴 마종 Paul Mazon 역, Les Belles Lettres, 1921).

니체의 텍스트 『비극의 탄생 *La naissance de la tragédie*』(주느비에브 비앙키 Geneviève Bianquis 역, éd. Gallimard, 1940, 52~53쪽)으로 되돌아가기. "이제 나는 아이스킬로스의 프로메

테우스를 후광으로 둘러싸는 능동성의 영광을 수동성의 영광에 대립시킨다. 티탄의 경지로까지 칭송받은 그 사람은 고도의 투쟁으로 문명을 정복하고, 신들에게 인간과의 계약에 가담하도록 강요한다. 왜냐하면 그는 자기만의 지혜로 이 신들의 존재와 한계를 자유자재로 사용하기 때문이다. 그러나 그 근원적 사고를 통해서 진정 불경에 대한 찬미를 나타내 보이는 프로메테우스의 이 시에서 더욱 놀라운 것은 정의를 향한 아이스킬로스의 깊은 갈망이다. 한편으로는 대담한 한 개인의 형용하기 어려운 고통, 다른 한편으로는 신의 비애 혹은 신들의 황혼기에 대한 예감, 이런 고통의 두 세계에 화합과 형이상학적 결합을 강요하는 힘, 이 모든 것이 신들과 인간들 위에 영원한 정의인 모이라 Moïra를 군림하게 하는 아이스킬로스의 우주개벽설의 중심과 기본 원칙을 강력히 연상시킨다. 아이스킬로스가 그의 정의의 저울에 신의 세계를 재고 있는 놀라운 대담성 앞에서 우리는 다음 사실을 상기해야 한다. 즉 이 명상적인 그리스인은 불가사의에서 형이상학적 사고의 확실하고 확고부동한 기반을 찾아냈으며, 그의 모든 회의론적 의향은 올림피아 신들을 희생시키며 충족될 수 있었다는 것이다. 특히 이 그리스 예술가는 이 신성(神性)에 대해 희미한 혈연의 감정을 느꼈다. 그리고 이러한 감정을 상징하는 것이 바로 아이스킬로스의 프로메테우스이다……

그러나 아이스킬로스가 그 신화에 부여한 해석조차도 그 놀라운 공포의 심연을 더 파헤치지 않는다. 정반대로, 예술가의 창조적 기쁨, 모든 재앙에 도전하는 예술적 창조의 차분함 등은 어두운 비애의 호수에 반사되는 천상의 구름으로 된 가벼운 건축물에 지나지 않는다…… 프로메테우스 신화의 원경에는, 순진한 인류가, 발생하는 문명의 수호신 팔라디온에게 하는 것처럼, 불에 부여하는 과장된 가치가 있다. 인간이 불을 단순히 번쩍거리는 번개나 태양 열기의 형태로 된 하늘의 선물로 받아들이는 데 그치지 않고 불을 자유자재로 사용할 수 있게 되었지만, 이 원시인간들의 명상적 정신은 거기에서 신성에 가한 죄와 절도를 보았다. 그리하여 모든 철학적 문제들 중 최초의 문제는 인간과 신 사이에 융합할 수 없고 어려운 반대명제를 즉각 제기하며, 이 반대명제를 마치 바윗덩어리처럼 굴려 모든 문명의 입구에 놓아버린다. 인간에게 굴러떨어질 수 있는 최고의 재산, 인류는 그것을 오로지 범죄를 통해서만 얻어내고 그에 대한 결과를 감내해야 하는 것이다. 다시 말해, 모독당한 불사신들이, 고귀한 노력을 하며 봉기한 인류에게 강요하고 또 강요해야 하는 온갖 고통과 비애를 감수해야 하는 것이다.”

제3장

엠페도클레스

I

　에트나 화산 위에서의 엠페도클레스의 죽음에 대한 명상은 불의 시학을 격상시킨다. 이미지는 행위를 능가한다. 그리고 이 초월은 항구적인 시적 행위를 구성한다.

　엠페도클레스의 죽음은 단순히 철학사의 한 잡보기사와 같은 것이 아니다. 진실로 삶과 죽음에 대해 숙고하고 불을 꿈꾸는 자의 영적인 삶에서 무엇이 엠페도클레스의 이미지를 지탱하고 있는가? 그것은 물론 사회생활 중에 일어나는 여러 사건에 대한 이야기가 아니며, 사람들이 원래의 철학으로 잘못 지칭하고 있는 철학적 사고의 단편들 속에 흩어진 철학도 아니다. 아니다! 엠페도클레스는 소멸의 시학을 보여주는 가장 중대한 이미지들 중 하나다. 엠페도클레스의 행위에서 인간은 불과 마찬가지로 위대하다. 인간은 진정한 우주극cosmodrame의 위대한 행위자이다.

엠페도클레스의 드라마는 긍정과 부정의 변증법 안에서 결정되지 않는다. 부정négation은 개념에 작용하는 것이지 결코 이미지에 작용하는 것이 아니다. 해석의 논리가 많아진다. 불에 헌신하는 것, 그것은 불이 되는 것이 아닌가? 또는 불에 헌신한다는 것은 무(無)가 되는 것이 아닌가? 불길의 장엄함에서 무의 장엄함으로 가는 중요한 이행passage. 또는 이 중대한 불, 이 완전한 불feu total은 총체적인 정화의 근거가 아닌가? 그런데, 정화된다는 것은 재탄생을 보장하는 것이 아닌가? 피닉스에 대한 몇 가닥 희망이 철학자의 마음에 있는 것이 아닌가? 이렇게 해석의 장은 열려 있다. 그러므로, 사람들이 철학자 엠페도클레스의 드라마를 그의 철학에 근거해 해석하고 또한 많은 재구성에 의해 전달된 철학에 의존해 해석하면서 그 철학자의 드라마에 과도한 해석을 덧붙인다면, 모든 전환이 가능하다. 이러한 전환들은 각각 철학적 몽상의 테마이다. 모든 가능성을 수락하는 자―왜냐하면 모든 가능성을 수락해야 하므로―는 불의 시학의 세계 속으로 들어간다. 여기에서 개념들이 꿈꾼다. 이 모든 몽상을 엠페도클레스적인 것으로 지적할 수 있다. 그것은 행위로 넘어가지 않는 전 행위들 pré-actes로, 긴장과 공포의 미묘한 종합이다. 위대한 불의 몽상가가 그것을 알아볼 때가 있다. 우리는 그 증거들을 제시할 것이다. 유혹은 우리에게서 실현되지 않는다. 그렇지만 그것은 철학자의 자유로운 행위를 통해 실현되었다. 그 유혹은 존재했으며, 우리는 그것이 존재했다는 것을 알고 있다. 우리는 그것이 자유로운 인간의 가능성일 수 있으며 또한 가능성이라고 끊임없이 꿈꾸고 있다. 불 속에서의 자유로운 죽음의 영웅, 엠페도클레스가 우리에게 이런 몽상들을 열어주고 우리 안에 유지시켜준다. 바로 그 점에 이미지의 운명인 인류의 운명이 있는 것이다. 불이 우리에게 죽음을 상상하도록 강요하는 때가 있다. 엠페도클레스는 이미지의 운명에 사로잡혔다.

그러므로, 우리가 존재 속으로 내던져졌다고 말하기를 좋아하는 모든 철학에 대립하여, 다음과 같이 죽음 안으로 자신의 몸을 내던지는 철학자가 있다. 분명, 탄생과 죽음은 두 가지 모두 순간 l'Instant의 영광이다. 그렇지만 탄생은 외부에서 우리에게 오는 것이다. 죽음 속으로 몸을 내던질 때, 엠페도클레스는 처음으

로 자유롭다. 이러한 결정의 순간들은 시간의 시학이 연구해야
할 것이다.

엠페도클레스Empedocles의 행위Acte는 정상Sommet에서의
한 순간Instant이다. 여기에서 이렇게 네 개의 대문자가 결합한
다. 불의 시학은 이 대문자의 톤을 높여야 한다. 심리학적 해석
으로는 충분치 않다. 시적인 것의 세계에서조차 시적 대문자로
설명하는 것이 필요하다. 딜레마는 분명하다. 즉 불의 산 정상에
서 최고의 의지의 행위, 그것은 인간적 상황인가 아니면 우주적
사건인가? 그것으로 인간의 드라마를 만들고자 할 때 사람들은
심리적인 준비를 더 많이 할 것이며, 무대 전면에서 벌어지는
광경을 더 많이 만들 것이다. 간접적인 원인들은 드라마로 치닫
게 하는 직접적인 원인들과 마찬가지로 효력이 강할 것이다. 작
은 수단들을 사용하는 언변이 유창한 심리학이 멋진 죽음이 보
여주는 종말의 관대함으로부터 우리를 멀리 떨어뜨려놓을 것이
다. 이러한 심리학적 설명의 관점에서 보자면 그 철학자는 정복
당한 한 사람에 불과할 것이다. 사람들은 그를 마치 실망한 시
민처럼, 버려진 정치 지도자처럼 취급할 것이다. 그러면 사람들
은 그 그물망에서 하급의 정신현상을 택하는 사회극sociodrame
을 고안해낼 것이다. 사회극 심리학자들의 판타지가 사용되는
허구적 심리학의 이 모든 보잘것없는 근원에는 시적 진실됨에

대한 열광이 부족할 것이다. 심리적인 것에서 연극적인 것으로 넘어가려고만 해도 벌써 어조를 강하게 해야 한다. 심리학자가 연극적인 것을 시적 가치로 간주하지 않는다면 그는 이 이행을 우리에게 묘사할 수 없을 것이다. 극작가들이 마지막 장을 준비하기 위해, 전설에 이야기를 넣기 위해 헛되이 쏟은 노력이 얼마나 많은가! 사람들은 왕이나 여자처럼 보잘것없고 유치한 인물을 많이 만들어내느라 중심 인물인 에트나를 잊어버린다. 그런데, 부르며, 유혹하고, 꾸짖는 존재이며, 철학자가 잠잘 때 잠자고, 철학자의 우주적 지혜가 깨어날 때 깨어나는 존재인 화산의 심리학을 도대체 어떻게 한다는 말인가? 극작가가 심리극psy-chodrame의 사소한 사건들을 증대시키는 반면, 우주극은 짜이고, 철학자는 한 인간의 초라한 삶의 불행에 떠밀려 에트나로 가는 것이 아니라 화산의 부름을 받아 에트나로 뛰어드는 것이다. 화산은 단순히 희생자를, 누구든 상관없이 한 사람의 희생을 원하는 것이 아니다. 화산은 엠페도클레스를 원한다. 그래서 이 우주극 이래로 엠페도클레스라는 이름과 에트나라는 이름이 영원히 결합한다. 사람들은 더이상 하나를 잊어버리고선 다른 하나를 기억할 수 없게 된다. 화산 폭발 날짜를 계산하면서 철학자의 죽음의 시간을 측정하려는 사람은 시인의 주목을 거의 받지 못할 것이다. 전설에는 날짜가 없다. 전설은 머무는 것이며,

어떤 시인이 전설을 보여주기 위해서 새로운 이미지들을 발견하면 그 즉시 전설은 새로운 삶을 되찾기 때문이다.

정상의 전설들은 변하지 않는다. 카프카스 위에 못박힌 프로메테우스, 에트나 산의 불이 사방에 뿌리는 엠페도클레스, 이러한 전설에서 정상은 하나의 인물이다. 그리고 엠페도클레스의 에트나는 진정으로 인간의 정상이며 한 세계의 정상이다.[a]

그것은 고립시키는 정상이다. 그 정상은 바다를, 진정한 바다를, 유일한 바다를 지배한다. 즉, 고대 문화의 영웅들이 바다를 지배한 것과 마찬가지로 위대한 몽상가들이 늘 지배하기를 꿈꾸는 바다를 지배하는 것이다. 신세계의 주민, 에드거 앨런 포 Edgar Allan Poe 같은 시인은 자신의 우주성cosmicité에 대한 몽상들에 고대 사고의 고귀함을 부여하기 위해 지중해를 필요로 한다. 포는 그의 『유레카 Eureka』를 선포하기 위해 불의 산 정상에 있는 자신을 상상하지 않았던가! 바로 이 정상에서 초인간적인 존재는 모든 것을 볼 수 있으며 동과 서, 남과 북, 뜨고 지는 모든 것을 같은 시선 속에, 원래의 시선 속에 통합시키기 위해 사방에서 세상을 맞이할 수 있을 것이다. "에트나의 정상에서 한가로이 자기 주변을 두루 살펴보는 자는 무엇보다도 경관

---

a) G. B.의 방주 : "별행 다시 쓸 것."

의 광활함과 다양함에 감동한다. 그는 발꿈치를 축으로 한 바퀴 재빨리 돌아야만 그 숭고한 단일성 속에서 파노라마를 포착한다고 자랑할 수 있을지 모르겠다. 그렇지만, 에트나 정상에서 어느 누구도 자신의 발꿈치를 축으로 돌리려고 생각하지 않았으며, 또한 그 누구도 머릿속에 이 광경의 완전한 단일성을 새겨넣지 않았으니, 결과적으로 인류에게 이런 단일성에 관련될 수 있는 고찰은 모두 실제로 증명되어 나타나지는 않는다. 나는 우리에게 우주 l'Univers(나는 가장 광범위하고 유일하게 합법적인 의미에서 이 용어를 사용한다) 구상을 철회시키는 단 하나의 조약도 모른다."[1] 그러니 에트나의 관념성 l'idéalité de l'Etna은 영원히 찬양받지 않는가!

엠페도클레스라는 이름은 『유레카』에 언급되지 않지만, 물론 그 추억은 포의 명상 속에 나타난다. 포가 통합된 세계를 꿈꾸는 동시에 존재를 더욱 깊이 연구하기 위해 간 철학적 위치는 엠페도클레스에게 존재와 비존재가 근접해 있는 바로 그 위치이다. 세계의 존재는 그 광활함과 찬란함 속에, 바로 거기에 있다. 공간, 무한한 공간은 그곳에 중심을 가지고 있다. 그런데, 무화시키는 불 역시 그 거대함으로 그곳에 있다. 여기에서 허무는 거대

---

1) 에드거 앨런 포, 『유레카 *Eureka*』, 샤를 보들레르 역, Paris, Michel Lévy, 1864, 5쪽.

하고 바다는 광대하다.

우리는 엠페도클레스의 위치와 엠페도클레스의 행위에서 작용하는 이러한 존재와 비존재의 구체적인 변증법의 중요성을 보여주려고 할 것이다. 우리는 우선 위대한 시인들이 쓴 시가와 비극 속에서 이 변증법의 시적 울림을 따라갈 것이다. 그렇게 시인들을 따라가면서 소멸의 상징이 주는 매력을 파악하려고 할 것이다. 이 상징은 실현되지 않는다. 그것은 바로 불의 시학의 영광 속에 머문다. 오늘날 에트나로 가는 여행자가 엠페도클레스를 기억하여 분화구 속으로 뛰어든다면 그것은 다만 실패한 행위—실패한 시적 행위에 지나지 않을 것이다. 그렇다. 엠페도클레스의 행위를 체험하는 유일한 방법은 그것으로 시를 만드는 것이다.

거대한 드라마들을 검토한 후에 우리는 제2부에서 덜 과도한 유혹과 겨우 감지할 만한 유혹이 드러나고 있는 약간 덜 비통한 이미지들을 모을 것이다. 그러나 가까스로 그려진 하나의 이미지라 해도 그것은 의심할 여지 없이 엠페도클레스적인 상상력의 행위를 보여준다. 우리는 거기에서 이미지가 풍부한 콤플렉스들, 이미지의 대수롭지 않은 가혹함을 통해 실현되는 콤플렉스들의 시적 세계를 다루게 될 것이다. 우리는 마조히즘과 사디즘이 끊임없이 그 억압을 교환하는 경계선에 있게 될 것이다.

불길 속으로 뛰어드는 나방은 분명히 굴광성의 피해자이다. 이것이 동물심리학을 연구하는 심리학자가 즉각 내릴 수 있는 결론이다. 그렇지만 몽상가에게는 어떠한가? 보지 않아도 꿈꿀 수 있는 시인에게는 어떠한가?[2] 이에 대해서는 우리가 별 위험

---

2) 시 「행복한 노스탤지어Selige Sehnsucht」(『동서시편 *Le Divan occidental-oriental*』, Henri Lichtenberger 역, Aubier, coll. bilingue, 1950, 81~83쪽)에서 괴테는 이렇게 말한다.

현자 외 다른 누구에게도 그것을 말하지 마라,
군중은 서둘러 조롱할 것이니.
나는 불길 속에서 죽음을 갈망하는
살아 있는 자를 찬양하고 싶다.

네가 생명을 받았고, 네가 생명을 준
사랑의 밤들의 차가움 속에서
조용한 불길이 빛날 때
너는 기묘한 감정에 사로잡힌다.

어두컴컴한 그림자 속에
너는 더이상 갇혀 있지 않구나.
그래서 더욱 높은 결합을 향하여
새로운 갈망이 너를 이끈다.

그 어떤 거리도 너를 물러서게 하지 않고
매혹되어, 너는 급히 날아오는구나.
아 드디어, 빛의 연인이여
너는 소멸되었구나, 오 나방이여.

없이 엠페도클레스적인 이미지에 대한 많은 예문을 모을 수 있을 때 결론을 내리겠다.

그렇지만 우선 장엄함에서 시작해보도록 하자.

II

휠덜린Hölderlin의 『엠페도클레스의 죽음』처럼 미완성 작품으로 여러 다른 시론에 자주 수록되는 작품은 우리가 인간적인 작품에서 우주의 드라마로 넘어가는 어려움을 보여주는 데 도움이 될 것이다.

이 작품의 세 가지 판본이 처음으로 모였고 앙드레 바블롱 André Babelon이 번역했다.[3]

죽어라 그리고 되어라!(Stirb und werde)
이것을 이해하지 못하는 한
너는 암흑의 대지 위에
어두운 손님에 지나지 않는다.
(……)

〔G. B.의 방주 : 'Stirb und werde'를 다시 볼 것.〕
3) 프리드리히 휠덜린, 『엠페도클레스의 죽음 *La Mort d'Empédocle*』, 앙드레 바블롱 역, 서문, éd. Gallimard, 1929.

첫번째 판본은 비극이다. 1797년 가을에서 1799년 6월에 걸쳐 집필된 이 판본은 첫 두 막만 포함하고 있다.

두번째 판본은 1799년에 씌어진 것이며 5막으로 된 드라마로 제시된다. 제1막의 한 부분만이 씌어졌고 거기에 1800년으로 날짜가 적힌 〈무대 계획서(이론 연구 부록)〉가 첨부되어 있다. 이 판본은 첫번째 판본의 수정본으로 "첫번째 판본의 마지막 장면들에서 자유시의 자극을 받은 것이다. 그런데 이런 자유시는 횔덜린의 후기 작품 속에서 유일하고 궁극적인 서정주의의 형태로 나타날 것이다."[4)

1800년 초에 씌어진 것으로 추정되는 세번째 판본에는 '에트나 위에 있는 엠페도클레스'라는 결정적인 제목이 붙어 있다. "그것은 매우 다른 분위기를 띤 완전히 새로운 작품으로, 그전의 구상들을 배제하는데" 이전의 구상에는 "엠페도클레스의 인격이 내포하고 있는 시적인 내용 전체를 완전히 파악하고 해석하기 위한 비극의 시도"[5)가 뚜렷했다. 책 끝에는 다음에 이어질 무대 초안이 나타나 있다.

이처럼 횔덜린 작품의 구상과 정을 제시하는 것은 독자들이 가장 중요한 텍스트를 쉽게 접할 수 있게 하기 위해서다. 피에

---

4) 앙드레 바블롱의 서문, 같은 책, 8~9쪽.
5) 같은 책, 서문, 11쪽.

르 베르토Pierre Bertaux의 논문[6]을 참조하면서 문학 창조의 진정한 드라마에 대해 좀더 잘 생각해볼 수 있을 것이다. 사실, 『히페리온Hypérion』 제1권이 출간된 지 얼마 안 되어, 1797년 초 여름부터 횔덜린은 자신의 구상과 직면하고 있었다. 그 구상은 얼마나 올바르며, 그 목표는 얼마나 멋있는가! 그런데 왜 그렇게 초고와 시도들이 많은가? 여기에서 물질적·사회적 삶은 방해물이 아니다. 초기 작업은 시초의 평화에 둘러싸여 있었다. 횔덜린은 1798년 11월 친구 뇌퍼Neuffer에게 이렇게 쓰고 있다. "내가 이곳에서 지낸 지 한 달이 조금 넘었네. 그 동안 나는 평온하게 살면서 내 드라마에 전념했다네. 그리고 아름다운 가을날을 만끽했다네."[7] 작품은 이렇게 가을날의 행복을 나타내고 있으며 겨울의 아름다운 작업 바로 그 문턱에 있다. 횔덜린의 서정적 천재성은 절정에 달한다. 그 어느 것도 작품을 늦추지 못할 것이다. 그러나 그 작품을 끝마치는 데 최적격이었던 그의 천재성도 작품을 완성시키지 못할 것이다. 이러한 실패에서 끌어낼 수 있는 결론은 분명해 보인다. 엠페도클레스의 죽음

---

6) 피에르 베르토, 『횔덜린, 내면적 전기 에세이 Hölderlin, Essai de biographie intérieure』, Hachette, 1936, 169쪽 이하.

7) 횔덜린, 『전집 Sämtliche Werke』, Hellingrath, Berlin, 1923, III, 346쪽(피에르 베르토, 같은 책, 169쪽에서 재인용).

이 비극의 주제가 되어야 한다면, 이 '비극'은 제5막부터 시작해야 할 것이며, 더 낫게는 마지막 장부터 시작해야 할 것이다. 만일 그 죽음이 드라마 주제가 되어야 하는 것이라면 그것은 한 인물의 드라마가 되어야 할 것이다. 여기서 우리는 연극철학의 내재적인 모순과 마주하게 된다. '무대장치'가 연극적으로 실현될 수 없다는 점을 덧붙여야 하는가. 화산은 상징으로 대체해야 할 것이다. 마찬가지로, 엠페도클레스의 죽음이라는 주제에는 시의 차원만 있는 것이라고 해도 과언이 아니다. 그리고 이 시는 '실현'하기 어려운 것이다. 그것은 삶과 죽음, 존재와 허무, 불꽃과 연기, 불과 재의 경계에서 응축되어 철학적이기 때문이다. 불이 진정 하나의 인물이라면 우리가 도달할 수 있는 위대함은 굉장하지 않은가! 그러면 인물—불 le feu-personnage은 세상의 아니무스일 것이며, 화산에 맞서는 엠페도클레스의 아니무스의 파트너 자격이 있을 것이다.

피에르 베르토는 단지 엠페도클레스의 존재를 드러내기 위해서만 등장했던 '단역들'이 판본마다 삭제되고 있는 점을 아주 정확히 지적한다. 그리고 베르토는 일인 드라마로 귀착되는 것에 대한 '횔덜린의 만족'을 느낀다. 횔덜린이 모색한 시도들의 변화를 하나의 문학적 현상으로, 하나의 시적 창조의 현상으로 검토한다면, 삼일치(trois unités), 즉 순간으로 좁혀지는 시간의 일치, 정상으로 모이는 장소의 일치, 하나의 결단으로 집약되는 행위의 일치가 인물의 일치로 지배되므로, 우리는 여기에서 고전 규칙인 삼일치(三一致) 법칙의 진정한 초월성을 감지할 수 있을 것이다. 그러므로 만들어야 할 작품은 그 꼭대기에 엠페도클레스적 존재가 있는 일종의 심리적 피라미드이다. 연극적 이야기에서는 이러한 압축이 풀어질 것이다. 이러한 압축은 오로지 찬가, 시가 그리고 시의 절(節) 속에서만 심리적 탁월성의 역동력을 간직할 수 있다.[8]

엠페도클레스의 행위는 너무나 위대한 것이므로 더이상 행위의 심리학에 속하지 않는다. 횔덜린은 '결단성에 대한 두려움'으로 고통스러워했다고 전해진다. 그런데, 그의 주인공의 결정은 모든 결단력과의 관계를 끊어버린다. 엠페도클레스적 행위에는 원인이 없다. 그것은 자신의 절대 고독에 대한 의식적인 정신의 행위이다.

그러나 횔덜린의 시도와 재수정을 거치면서 이 고독은 스스로 상처를 입는다. 마지막 수정본에 새로운 인물, 다른 시대의 한 인물, 다른 사고를 지닌 한 철학자, 이집트인 마네스Manès가 개입한다는 사실에 대해서 어찌 놀라지 않겠는가. 엠페도클

---

8) "『엠페도클레스』의 단편들은 비극의 부분들이 아니라 비극적 시의 부분들이다"(피에르 베르토, 같은 책, 178쪽).

레스와 이집트인이 나누는 대화는 더이상 인간적인 것이 아니다. 그것은 여러 가지 점에서 우주적이다. 이렇게 일종의 그리스 철학 그 이상의 것을 참조하는 것은 횔덜린의 경우 영웅의 운명을 완전히 감당하기 위해 텍스트에서 멀리, 이야기에서 멀리 떨어져 홀로 있고 싶은 욕구를 나타내는 것이 아닌가? 그러면 엠페도클레스는 정말로 비존재의 존재 앞에서 존재의 영웅이 되는 셈이다. 우리는 명분 없는 영웅주의와 아무 목적도 없는 영웅주의의 결합인 영웅주의의 정상에 있게 될 것이다.[9]

순수한 영웅주의의 시학을 제정해야 하는 임무는 시인에게 정말 큰 괴로움이었다. 앙드레 바블롱이 번역한 책 마지막 두 페이지에 나타나는 무대 초안에는 막마다 찾아내야 할 어조에 관해 명시되어 있다. 제4막의 첫 장, 세 등장인물, 즉 엠페도클레스, 포사니아스, 판테아. 한 영웅과 한 남자와 한 여자. '비가풍으로Elegisch' 혹은 '영웅시격으로Heroisch'. 엠페도클레스가 홀로 등장하는 제2장에서 추구된 어조는 여러 차이를 고려해 조정된 대립의 어조, 즉 '비가풍의 영웅시격으로Elegisch heroisch?' '영웅시격의 비가풍으로 Heroisch elegisch?'이다. 아마도 마네스와 엠페도클레스 사이에 아니무스의 이중적 영광을

---

9) 이야기의 이러한 특성에 무슨 기호란 말인가. 엠페도클레스는 샌들만 이 세상에 남겨놓았어야 했다!

드러냈을 제3장에서는 어조가 '영웅시격의 서정시풍으로 Heroisch lyrisch?'될 것이며 그리고 엠페도클레스가 혼자 있게 될 제4장에서 드디어 '서정시풍의 영웅시격으로Lyrisch heroisch?'될 것이다.

이처럼 시적 어조를 찾아낼 수 없었다. 구상된 작품을 통해 살펴본 시적 어조의 변화는 문제점으로 남아 있다. 이러한 변화과정은 우리에게 아니마와 아니무스로서의 멋진 명상의 주제를 줄 수 있었을 것이다. 그것은 비가에서부터 서정시풍에 이르기까지 '단어의 몽상가'를 꿈꾸게 하는 것들이다.

어쨌든, 영웅으로 죽기 위해서는, 화산의 불 속에서 엠페도클레스적인 죽음을 무릅쓰기 위해서는, 지고의 행위 이전에, 결국 아니마가 간직하고 있는 모든 추억을 멀리하여 용해하고, 감미로운 삶과 충실한 삶의 모든 비가를 지워버리며, 잊을 수 없는 것을 잊어야 한다.

횔덜린은 아주 짧은 문장으로 이렇게 쓴다. "서정적 신화는 확정지어야 할 것으로 남아 있다."[10] 우리는 이것을 더욱 분명하게 해석할 수 있을 것이다. 즉 시인이 엠페도클레스 신화, 불 속에서 아니무스로서의 죽음의 신화를 쓰는 데 실패한 후에, 자

---

10) 피에르 베르토, 같은 책, 231쪽에서 재인용.

발적인 죽음의 신화의 서정시풍은 확정지어야 할 것으로 남아 있다는 것이다.

엠페도클레스의 운명, 그것은 단절-운명destin-rupture이며, 평범한 삶의 흐름에 역행하는 운명이다. 딜타이Dilthey는 '최고이며 고독한' 횔덜린의 엠페도클레스가 완전하게 '외적인 운명(äußeres Schicksal)'과 단절하는 점을 잘 지적했다. "횔덜린은, 명상하는 인간 내면에서 특별한 열정들이 잠잠할 때 솟아올라 끊임없이 커지는 것을 나타내고자 한다. 한정된 우리의 현존재(Dasein)와의 논쟁, 우리가 보이지 않는 힘과 맺는 관계 속에 그 기원을 두고 있는 삶의 필요성과의 논쟁, 그것은 우리의 특별한 열정들과 그 만족감보다 훨씬 더 중요한 우리 영혼의 이야기이다…… 그리고 이 이야기가 한 인간 안에서 계속 가장 유효한 것으로, 가장 강한 것으로, 가장 높은 것으로 경험될 때, 그 이야기는 어떠한 방식으로든 존재를 한계짓는 모든 것으로부터 그 사람을 해방시키면서 자유의 지역으로 인도한다. 그것이 비록 죽음 한가운데일지라도 말이다." [11] 엠페도클레스의 죽

---

11) 빌헬름 딜타이Wilhelm Dilthey, 『체험과 시학, 레싱-괴테-노발리스-횔덜린 Das Erlebnis und die Dichtung, Lessing- Goethe-Novalis-Hölderlin』, 제4판, Leipzig, Teubner, 1913, 416~417쪽(초판, 1906). 〔딜타이를 인용하는 부분은 G. B.의 필사본에 독일어로 적혀 있다.〕

음은 존재가 경험한, 체험했다고 믿는 모든 것에서 벗어나는 극한점이다. 불은 거기에 있다. 인간의 존재인, 존재하는 이 작은 점은 불의 광막함이 되고자 한다. 자신의 뿌리를 지나치게 확신하는 이 현존재는 불길이 치솟는 거대한 나무 속에서 불의 존재 Feuersein가 되어야 하는 것이다.

사실, 횔덜린의 엠페도클레스적 시학이 완전히 불에 바쳐진 것은 아니다. 횔덜린에게 불은 에테르를 준비하고, 불 속에서의 죽음은 에테르적인 신들의 삶으로의 회귀를 준비하는 것이다. 엠페도클레스의 희생이 세상의 정화와 전(前) 신적인 pré-divin 원소의 신성화를 돕는다. 대지의 불순한 불에 사람들보다 위에 있는 사람, 즉 명상을 통해 순결해진 사람을 바치면서 지상의 불이 천상의 불로, 에테르적인 불로 변하도록 조장하는 것처럼 보인다.

횔덜린은 제5원소의 철학자, 에테르의 철학자라고 전해져왔다. 그러나 에테르는 원소들 바깥에서는 단지 빨리 사라져버리는 원소일 뿐, 내재성을 증명할 물질적 이미지를 가지지 못할 것이다. 에테르는 내재성이 없는 원소이다.

이와 같이 엠페도클레스는 횔덜린에게 에테르적인 생성de-venir ethéréen의 영웅이다. 그는 천상 조국으로의 회귀로서 죽음을 바란다. 죽음이란 결국, 정신esprit의 타오르는 불길 속에서 아버지에게로 돌아가는 것이다.

여기 이 정상에서, 이곳, 상당히 풍요롭고, 경쾌한
최고의 나는 불의 잔 가까이 머문다.
정신이 가득 채운 잔, 그리고 그 자신이
자라나게 한 꽃들로 화환을 둘러
아버지 같은 에트나가 환대하며 내게 선사하는 그 잔 가까이.[12]

화산 안에 갇혀 있는 이러한 부성(父性)의 정신, 한 아들의 희
생이 그것을 해방시킬 것이다.

갇혀 있는 정신이여, 그대는 더이상 내게서 숨을 수 없을 것
이오.
나에게 그대는 빛나게 될 것이오. 내겐 두려움이 없기 때문
이오.
내가 원하는 것은 죽는 것이며 그것은 나에게 하나의 권리이
기 때문이오.
아 신들이여! 젊음이여! 젊음이여! 그것은

---

12)『엠페도클레스의 죽음』, 159쪽('에트나 위의 엠페도클레스').

벌써 내 얼굴 주위에서 빛나는 여명 같구나

그리고 저 아래에서는 고대의 분노가 끊임없이 포효하는구나!

그리고 그대들, 이제 그만 하시오, 그대들, 신음하는 사고들
이여!

근심 많은 마음이여! 나는 이제 더이상 그대가 필요치 않소.

여기에서 더이상 의심은 없소. 그것은 그의 부름이오,

신……[13]

분화구 앞에서, 불길 앞에서 휠덜린은 '정신, 고대의 아버지'
를 찬양한다. 우리는 분명 그의 남성적 위세 속에서 죽음과 대면
하고 있다. 그것은 본질적으로 남성적인 우주로, 여성적 부드러
움을 향한 노스탤지어에서 해방되어 '바로 자기 자신에게 속해
있는' 정신을 향해 열리고 있다.

휠덜린이 알고 있는 헬레니즘 문화가 여기에서 많은 피해를
입힌다. 신들을 상기하게 되는 것이다. 한 풋내기 올림포스 신
이 시를 당혹스럽게 한다. 절대적인 죽음 속에서, 신들의 가족
이 되기 위해서 죽어야 하는가? 또는 진정으로 한 존재가, 하나
의 힘이, 우주의 한 빛이 되기 위해 죽어야 하는가? 엠페도클레

---

13) 같은 책, 161쪽.

스는 선택했다. 그는 단호한 의지의 행위로 죽음을 선택했던 것이다.[14]

　　나는 겨울의 흐름 속에서 단지 한 별, 섬광에 지나지 않는다.

　겨울 우주의 냉기 속에서의 섬광이란 우리에게 얼마나 굉장한 표시인가! 이 기호는 불에서 에테르로 통과함을 잘 나타내준다. 그러므로 에테르는 차가운 불이며, 질료 없이 빛나는 불이고, 정신을 밝혀주는 불이다.

　자신을 불에 맡기면서 철학자는 삶 바깥의 정신, 삶에 의해 억제되기를 거부하는 정신의 운명을 받아들이는 것이다. 에테르 안에는 더이상 지상의 것이 아무것도 없으며, 연기도 없다. 에테르 안에는 더이상 수중의 것이 아무것도 없으며, 수증기도 없다. 에테르 안에는 더이상 대기의 것조차 아무것도 없으며, 그어떤 향기도, 발산물도, 움직임도 없다. 그렇지만 에테르 이전에, 질료, 모든 질료의 해방을 준비하면서 항상 불을 꿈꾸고 불그 너머를 꿈꿔야 한다. 에테르가 초고급 원소l'ultra-élément일 수 있는 것은 불에서뿐이다. 불의 시를 초월하는 것이 항상

---

14) 같은 책, 170쪽.

에테르 시의 운명일 것이다. 처음 소유한다고 해서 단숨에 에테르의 세계에, 지배자들을 지배하는 세계에, 횔덜린이 살려고 한 '부성의 에테르' [b)]인 이 초올림포스 Sur-Olympe에 정착하는 것은 아니다. 시인은 엠페도클레스의 운명에 대해 명상했으면서도 이러한 초엠페도클레스적 정신 sur-empédocléisme을 완전히 실현하지 못했다. 인간의 비극은 시적 상상력을 완화시켰고 멈추게 했다. "Sei du, Gesang! mein freundlich Asyl!……" [c)] 횔덜린의 '엠페도클레스'는 비극이 아니라 하나의 시여야 했을 것이다.

우리는 여러 다른 문학 창작 시도를 검토하면서도 같은 결론에 이르게 될 것이다.

III

창작 노력의 흔적이 창작하는 사람에게 용기를 줄 만큼 제법 곧게 이어져가는 작품보다, 완성하지 않은 책, 몇 번에 걸쳐 다

---

b) 횔덜린의 시 「에테르를 향하여 An den Aether」(1796)를 암시함.
c) "오 찬가여! 나의 아늑한 은신처이기를", 「나의 소유지 Mein Eigentum」, 1799년 가을.

시 시작하는 책이 훨씬 더 작가의 뇌리에서 떠나지 않는 법이다. 횔덜린이 창작의 긴장 속에서 엠페도클레스의 운명에 대하여 자주 생각했다는 것은 고려해야 할 점이다. 문학 창작의 차원에서 연구되는 창조-망설임 콤플렉스complexe hésitation-création는 미묘한 뉘앙스의 심리분석에 많은 문제점을 제기할 것이다. 심리학자들은 행동하기 전의 망설임을 연구한다. 그러나 쓰기 전의 망설임은 거의 고려하지 않는다. 이 문제를 피해보려고, 쓰기란 하나의 행동방식이라고 말하는 것은 너무 안이한 태도이다. 쓰는 자는 지우고, 지우는 자는 다시 쓴다. 작가의 삶처럼 전환된 삶에서는 모든 것이 더 세심하다. 온갖 우여곡절과 격동을 따라 이러한 글쓰기에서의 망설임에 주의를 기울이면서, 우리는 시적인 것의 삶 속으로의 합체, 시적인 것에 의한 삶의 승화를 측정할 수 있을 것이다. 시적인 것과 체험이 서로 혼합되는 것이다. 정신현상이 시적으로 작용한다. 그러므로 이제 글쓰기의 행복이 있다.

그런데, 다음과 같이 횔덜린의 망설임-상황situation-hésitation과 어느 면에서 대립되는 상황이 있다. 매슈 아널드Matthew Arnold 역시 '엠페도클레스'를 썼다. 그는 작품을 완성했다. 그러나 시적 드라마가 완성되자 곧바로 아널드 자신의 비평이 쏟아져나왔다. 작품에 대한 작가 자신의 비평은 쓰기 전에

겪었어야 할 망설임을 보여주는 것이다. 이렇게 우리는 쓰기의 행복bonheur d'écrire에서 이미 썼다는 불행malheur d'avoir écrit으로 넘어가게 된다. 지나치게 많이 쓰는 자들에게 줄 수 있는 멋진 교훈이다.

아널드는 그의 『에트나 위의 엠페도클레스』가 겨우 50부 정도 팔렸을 때 판매를 중단시켰다. 그리고 훗날 그는 브라우닝 Browning의 고집에 못 이겨 자신의 『전집』에 이 작품을 수록했다.

작품 완성을 방해한 횔덜린의 망설임은 아널드 자신이 자기 작품에 대해 쓴 비평에 비해서, 감히 말해보자면, 훨씬 더 평온한 것이다. 사실, 아널드는 '엠페도클레스'를 쓰면서 마음을 죄던 고뇌에서 벗어나지 못했다. 1853년 아널드는 클로Clough에게 이렇게 쓰고 있다. "그렇다, 뇌충혈, 우리는 그것 때문에 고통받는다─나는 항상 그것을 느끼므로 그것을 말하는 것이다─그래서 소리 높이 외치며 나는 나 자신의 엠페도클레스처럼 공기를 요구한다."[15]

이렇게 엠페도클레스에 관한 작품은 아널드에게 평정을 되찾아주지 못했다. 그러므로 성공 후에 오는 실패, 깊이 새겨진 실

15) 루이 본느로Louis Bonnerot, 매슈 아널드의 『에트나 위의 엠페도클레스 *Empédocle sur l'Etna*』 주석판에서 재인용, Aubier, coll. bilingue, 1947, 43쪽.

패가 매슈 아널드의 '엠페도클레스'에 새겨져 있다. 여기에서 우리는 인간의 정념의 심리학이 엠페도클레스의 운명을 하나의 드라마틱한 작품으로 구성할 수 없다는 증거를 하나 더 가지게 되는 셈이다. 그러나 시학이 모든 것을 구원해주는 페이지들이 있다. 아널드의 작품은 바로 한 인간의 순간과 한 세계의 순간의 총체인 순간의 시를 포함하고 있다.

엠페도클레스의 순간이 시적 우세를 보여주는 한 예를 들어 보자.

오, 내가 이 산처럼 타오를 수 있다면!
오, 내 마음이 바다의 파도와 함께 뛰어오를 수 있다면!
오, 내 영혼이 별처럼 빛으로 가득하다면!
오, 그것이 세상 저 위로 대기처럼 날아간다면!

아니다, 이 심장은 더이상 불타오르지 않을 것이며,
엠페도클레스, 그대는 살아 있는 사람이기를 멈추었구나!
그대는 이제 불타는 사고의 불길에 지나지 않으며 —
영원히 걱정 많은 헐벗은 정신일 뿐이구나![16]

16) 같은 책, 151쪽.

삶과 죽음의 몽상가에게 각각의 우주적 원소는 어떤 해방감을 제안한다. 그런데 화산의 불길보다 먼저 사고의 불길flamme de la pensée이 살아 있는 자의 심장을 황폐하게 했다. 사고는 불에, '불의 빛나고 세심한 삶에(with the nimble radiant life of fire)' [17] 돌려져야 한다.

원소의 죽음은 우주에 의한 우주를 위한 죽음이다. 인간으로서 그는 그 삶에서 잘못 만들어진 혼합물이다. 철학자로서 그는 그 죽음에서 선택해야 한다.

루이 본느로는 바로 "불타는 사고의 불길 외의 그 어느 것도 Nothing but a devouring flame of thought"라는 이 시구가 시 전체에서 "가장 계시적"이라고 말한다. [18] 그는 밀턴의 사탄을 잘 요약해주는 "내 자신이 지옥이다"라는 말에 이 시구를 연결시켜 비교한다.

이처럼 아널드-엠페도클레스는 "위대한 죽음에 대한 직관"을 가지고 있었다고 본느로는 말하고 있다. 우리를 삶의 흐름에서 벗어나 우주의 무한으로 들어가게 하는, 불길 속에 자신의 표시를 지니고 있으며 명백하게 확대되는 이 우주 속으로 들어가게 하는, 그런 죽음에 대한 직관을 가지고 있었다는 것이다.

---

17) 같은 책, 153쪽.
18) 같은 책, 154쪽.

그러나 죽음 바로 그 속에서 사람은 자신의 본모습이 된다. 지옥에서 살기 위해서는 불길이어야 하고, 에트나 속으로 몸을 던지기 위해서도 불길이어야 한다. 엠페도클레스는 그곳으로 서둘러 뛰어들기 전에 이미 화산에 속해 있었다.

불처럼 타는 이런 운명을 지적하기 위해서는 심리학만으로 충분치 않다. 아널드 작품의 세부사항으로 들어가지 않고도 우리는 동기와 행위의 불균형을 지적할 수 있다. 아널드의 엠페도클레스가 원소들에게 '최후의 봉사'를 요구하는 소리를 듣다니 얼마나 큰 비웃음거리인가.

……최후의 봉사
소피스트들의 족속이 단어들 아래에서
인간 의식의 마지막 불씨를 죽여버리기 전에[19]

철학적 논쟁으로 더이상 화내지 않기 위해서 삶을 피하다니!

그런데 아널드의 '엠페도클레스'에 나타난 더욱 심각한 오점은 그가 작품에 진정한 미학적 인과관계를 부여하는 데 더 나은 성과를 얻지 못했다는 것이다. 엠페도클레스는 죽음을 향해 가

---

19) 같은 책, 135쪽.

고 있는데, 젊은 제자는 협곡에서 리라를 켜고 있다. 그는 세상의 아름다움과 나무와 이슬과 미풍을 노래한다. 그런데 변증법은, 드러나지는 않지만, 그늘진 계곡의 휴식과 화산에서 분출되는 붉은 불 사이에 있는 것이다.

우리는 여전히 같은 결론에 이른다. 에트나의 행위와 인간의 행위는 시의 세계 안에서 통일되어야 한다. 여기에서 모든 역사성은 하위의 것이 된다. 여기에서는 인간의 한 순간과 세상의 한 순간이 결속되어 있다. 에트나는 항상 철학자로 불타오르는 화로로 남아 있을 것이다. 이미지가 심리학에서 벗어나듯이 역사에서 벗어난다. 이미지의 존재는 포에마틱하다L'être de l'image est poématique. 사람들이 이미지를 말Parole로 전달하므로 이미지는 말의 가치가 된다. 내가 보지 못하는 이미지는 말로 뒤덮이고 말로 장식되며 말에 의해 새로워진다. 이미지가 현실과 맺는 모든 관계는 시적인 것의 왕국으로 들어가기 위해 단호하게 잘라버려야 하는 밧줄들이다.

그러므로 훌륭한 이미지는 그 자체로 충분하다. 그것을 한 사건의 이야기 규모에 맞게 잡아늘일 수는 없다. 그런데 그것으로 비극을 만들면서 그 영광을 감소시킨다. 비극은 정념을 관리하고 인간적 갈등을 증폭시키며 운명을 꺾어버린다. 이러한 모든 인간적 비극에서 우주는 단지 욕망에 불과할 따름이다. 에트나가 한 인물이 될 수 있는 것은 비극적 구상이 아닌 다른 구상에 서이다. 횔덜린의 작품에서도, 아널드의 작품에서도, 불은 그 위격(位格)의 존엄성dignité de la personne에 이르지 못했다. 아널드는 산 아래에서 짓눌린 티탄을, 움직임으로 대지를 뒤흔 드는 티탄을, 용암의 포효 속에서 신음하고 유황의 증기를 내뿜 는 티탄을 잘 표현했지만, 시인은 그것을 믿지 않는다. 그는 자 신의 철학자-영웅이 그것을 믿지 않는다고 말해야 할 필요성을 느낀다. 교양을 토대로 하여 시를 만드는 것이 얼마나 어려운가 를 보여주는 또하나의 증거이다.

IV

루이 본느로는 매슈 아널드에 대한 연구에서 엠페도클레스 의 죽음에 관한 희곡작품을 구상한 다른 작가들의 시도를 말하 고 있다.

엠페도클레스의 운명에 관한 드라마를 쓰려는 구상이 니체의 머릿속에 맴돌았던 것을 상기해야 하는가?『그리스 비극 시대 에서 철학의 탄생』에 세 가지 초안이 실려 있다.[20] 첫번째는 1870년 가을 보불전쟁중에, 두번째는 1871년 봄에 씌어진 것이다. 첫번째 초안은 4막으로, 두번째는 5막으로 구성되어 있다. 구상이 보충되었지만 두번째 초안은 거의 바뀌지 않았다. 몇몇 장들의 초안이 잡혀 있었다. 그러나 불행히도 훌륭한 작품은 씌어지지 않았다.

니체는 엠페도클레스가 추구해온 목적을 되새겨 서술한다. "그는 증오가 불러일으킨 악들을 치유하고, 증오의 세계에서 일체성에 대한 생각을 주장하며, 증오의 결과인 고통이 있는 곳 어디에나 치유책을 가져다주는 것이 자기 존재의 목적이라고 생각한다. 그는 괴로움과 모순의 세계에서 사는 것을 고통스럽게 여긴다. 그는 이 세상에서의 자기 현존을 오로지 과오의 결과로만 설명할 수 있다. 아마도 그는, 어느 모르는 시대에, 어떤 범죄를, 어떤 살인을, 어떤 거짓 맹세를 범했나보다……"(139쪽).

두 초안에는 한 여자가 나온다. 첫번째 초안에서 그녀는 아직 이름이 없다. 그녀는 '자연의 화신, 여인' 이다. 두번째 초안에서 그녀의 이름은 코린이다. 그리고 이 두번째 구상에는 아주 많은 인물이 등장한다. 그들은 영웅의 복잡한 삶의 무게를 지니고 있다. 우리는 이런 단편이 보여주는 첫 장면들에 나오는 많은 이야기보다도 마지막 장면, 최고의 장을 보고 싶다. 이 장은 작가

20) 주느비에브 비앙키Geneviève Bianquis 역, éd. Gallimard, 1938, 148~155쪽.

의 여러 가지 구상 속에서 표류하는 것 같다. 극작가로서의 그의 야심은 말을 표현 수단으로 삼는 철학자-시인으로서의 그의 운명에서 벗어난다. 1870년에는 마지막 장이 이렇게 요약되어 있다. "판Pan의 신전 가까이. '위대한 판이 죽었다……' 분화구 주위에 모인 백성. 엠페도클레스는 광기에 사로잡혀, 사라지기 전에 윤회의 진리를 선포한다. 한 친구가 그와 함께 죽는다."

좀더 진척된 판본에서 제5막은 밤의 축제처럼 시작한다. "연민에 관한 신비한 연설. 살고자 하는 본능의 파괴. 판의 죽음. 백성의 도주." 코린은 엠페도클레스 곁에 있다. 용암의 두 격류가 화산에서 쏟아져나온다. "그들은 그곳을 빠져나갈 수 없다. 엠페도클레스는 자신이 영원히 벌을 받아 마땅한 살인자라고 느낀다. 그는 속죄의 죽음 이후에 재생을 고대한다. 바로 그것이 그를 에트나로 뛰어들게 하는 것이다. 그는 코린을 구하고자 한다. 코린은 그와 함께 죽는다. '디오니소스가 아리아드네를 피할 것인가?'"

우리는 독자가 이 논쟁의 심판이 될 수 있도록 이렇게 많은 예를 수집했다. 이 텍스트들은 연극적 장치를 엠페도클레스의 죽음을 보여주는 마지막 장면의 차원으로 높이는 것이 불가능하다는 것을 보여주는 증거가 아닌가?

광기의 폭발로 끝나는 것과 과오에 대한 회한으로 인해 준비된 것은 같은 드라마인가? 엠페도클레스는 불길 속으로 몸을 던지는 것인가? 혹은 도주하는 남자와 여자보다 더 빨리 전진하는 용암에 휩쓸려 상처를 받는 것인가? 그리고 불길에서 용암까지라니, 우주적 상상력으로 보면 얼마나 엄청난 쇠퇴인가!

그러나 니체는 마지막 찬가를 쓰지 않았다. 그의 시적 재능이 전(前) 영웅적인 anté-héroïque 삶의 심리적 모순을 극복했을 것이다. 그는 이미지로 자신의 엠페도클레스 콤플렉스를 억제했을 것이다. 우리는 곧 이 콤플렉스의 강력함에 대해 말할 기회가 있을 것이다.

횔덜린, 아널드, 니체, 이 위대한 세 시인의 실패를 볼 때 평범한 작품들은 분석할 필요가 없어진다. 우리는 이 실패들을 심리학적 설명의 부족함을 보여주는 증거로 간주한다. 심리학적 인과관계는 시를 설명해주지 않는다. 우리는 서정적 인과관계, 이미지의 인과관계를 파악하려고 노력해야 한다. 에트나 속으로 뛰어드는 엠페도클레스를 통해 우리는 행위-이미지, 이미지-행위를 가지게 되고, 상상하는 모든 영혼 속에서, 지배적 이미지를 현실에 겹쳐 중복시키는 모든 정신에서 그 울림을 파악할 수 있는 것이다.

그러니 이제, 우리가 비록 상상하는 정신현상에 두 배로 활력을 불어넣는 모든 전환은 따라가지 못한다 할지라도, 이 행위-이미지, 이미지-행위를 좀더 가까이에서 검토해보도록 하자.

V

이제 이미지가 풍부한 삶 앞에, 드라마틱한 행위들의 삶을 복원하는 몽상가의 시적 삶이 되는 삶 앞에 있을 때 우리는 그 어떤 것도 잊어서는 안 된다. 엠페도클레스는 에트나의 분화구에 몸을 던졌다.

> 불길 속으로 뛰어드는 것,
> 바다 속으로 뛰어드는 것,
> 심연 속으로 뛰어드는 것,

이렇게 단 하나의 행위로 불에, 물에, 무게에 자신을 바치는 것, 이것이 바로 그렇게 하기를 원하는 존재가 온 의지를 다해서 비의도non-vouloir에 자신을 내맡기는 순간에 포착된 의지이다. 존재와 무는 모순의 시선으로 볼 때 애매한 대립이다. 즉 '나는 바란다. 그런데 나는 더이상 바랄 수 없을 것이다'와 같은 것이다.

우리가 행하지 않을 이 모든 행위로 시인들은 시를 만든다. 그들은 이미지 속으로 뛰어든다.

우주적인 이미지 속으로 뛰어드는 것은 시적인 것의 세계에 가장 완전하게 가담하는 것이다. 이미지가 통치할 때, 이미지로 세상이 요약될 때, 관념은 더이상 통하지 않는다. 이미지가 경험과 이성, 그 모든 것을 지배한다.

상상력에 관한 저서들에서 우리는 추상적인 형이상학적 테마에 구체적인 이미지들을 덧대는 노력을 하고 있다. 그러므로 우리는 여기에서 '세상을 향해 열림'에 대해 이야기하며 인간 존재를 마치 세상에 '던져진' 존재처럼 여기는 철학자들의 테마가 이미지의 뉘앙스를 통해 구체화된다는 점을 알 수 있다. 철학자들은 사고하는 것에 대해 확신을 가지기 위해서 단어들을 추상화시킨다. 그런데 시적인 것의 세계 속에서 움직임은 정반대다. 즉 시인은 이미지가 없으면 약간 퇴색하는 단어들을 이미지로 뒤덮는 것이다. 우주적 이미지 속으로 뛰어드는 것, 그것은 세상을 향해 스스로를 열고 세상을 여는 것이 아닌가? 우리가 완전히 지지하고 있는 이미지는 커져 세상의 중심이 된다. 그러나 '세상 속으로 던져지다'라는 테마가 원초적으로 구체적인 것은 단지 지배적인 원소들 중 하나로 세상을 대체하는 방식에서뿐이다. 철학적 명상은 철학자를 세상 앞에 남겨놓는다. 시적 행위는 몽상가를 세상 속으로 던진다.

바로 엠페도클레스의 행위가 명상을 초월하는 시적 의미를 부여한다. 극소수 문학 이미지들만이 온 존재를 불길 속으로 투사하는 것에 대하여, 명상에서 참여로 통과하는 것에 대해서 책임진다. 그러나 엠페도클레스적 이미지 전체에서 유혹의 표시를 발견할 수 있다. 여기서 죽음은 우리를 구체적으로 유혹한다. 완전한 죽음, 증거가 있는 죽음, 이미지 속에서 이미지에 의한 죽음이.

그러나 불 속에서의 죽음의 유혹은 항상 통제되었다. 그러므로 그것은 섬세한 유혹이며 상상계의 멋진 흔적을 지닌 유혹이다. 사람들은 엠페도클레스의 전설을 꿈꾸며 별 위험 없이 그 유혹을 체험한다. 심연 앞에서의 현기증이 정신현상 전체에 고통스러운 흔적을 남기는 반면, 엠페도클레스적인 세심한 현기증은 불의 시학 속에서 독서를 통해 체험하는 현기증이 되었다. 사람들은 엠페도클레스 전설을 떨지 않고 읽는다.

우리는 마주치는 이미지들의 세세한 상황 속에서, 이렇게 억제된 현기증, 이러한 독자의 현기증을 파악하려고 할 것이다. 여기, 문학에서 양면성이 마조히즘과 사디즘을 섬세하게 묶어놓는다. 여기에서, 사디스트적 가치와 마조히스트적 가치는 끝없이 전복을 겪는다. 우리는 엠페도클레스의 이미지에서 작가 자신이 그 영웅과 함께 불 속으로 뛰어든 것인지 확신할 수 없다. 그는 바라본다. 그는 바라보면서 어쩌면 그 영웅을 불 속으로 살짝 민 것인지도 모른다. 그렇다면 그는 이미지로 사디즘을 행하는 것이다. 그는 철학자를 분화구 속으로 떠민다. 참여하는 것과 참여한다고 말하는 것 사이에는 얼마나 많은 정도의 차이와 전도가 있는가! 문학은 하나의 세상 un Monde이다. 시의 세계 Règne poétique가 하나의 세상을 지배한다.

VI

문학 표현이라는 단순한 관점에서 볼 때, 엠페도클레스는 암시의 중심지, 즉 아득하지만 읽으면서 조금만 꿈꿔도 즉시 감지할 수 있는 암시들을 끌어모으는 강력한 중심지라고 말할 수 있다. 엠페도클레스를 많이 꿈꾼 자에게 양초의 불길은 심지의 에트나인 것이다. 시시한 이미지들은 중대한 이미지들에 매여 있다. 상상력은 모든 것을 확대한다.

이 접근에서 소멸과 무의미의 결합이 이루어진다. 삶은 평범한 불꽃 안에서 소멸되므로, 아무것도 아니었다.

그러나— 가치들의 도치 — 불길 속에서 소멸되는 것, 불 속에서 자신의 고유한 무를 찾는 것, 이것은 인간의 위대함을 말해준다. 괴테를 상기해보자. "나는 불길 속에서 죽음을 갈망하는 살아 있는 자를 찬양하고 싶소."[21]

불에 대해 쓰려고 하는 작가는 저 멀리 자신의 운명에서부터 엠페도클레스의 운명에 이르기까지 몽상한다. 다음에서 엠페도클레스의 이미지에 대한 내재적 암시를 볼 수 있다. 1906년 클로델은 친구 가브리엘 프리조Gabriel Frizeau에게 「나무」 연작 후에 '과일'이라는 제목을 붙일 일련의 드라마를 쓰려 한다고 적고 있다. "「과일」 다음에는 「불」을 쓸 것이네. 신께서 허락하신다면 그것이 내 장례식의 장작더미가 될 테지."[22] 그러므로 작품의 끝은 '삶의 끝'이 될 것이다.

이렇게, 작품의 종말과 인생의 종말이 엠페도클레스의 운명과 같은 빛 속에 놓였다. 클로델의 삶이 다른 운명을 찾은 것이다. 그렇지만 과일에서 불에 이르는 덧없는 이미지는 우리가 모으는 불의 이미지에 '내재적 엠페도클레스'로 기록되어야 할 것이다.

---

21) 앞의 각주 2) 참조.

22) 앙리 몽도르Henri Mondor, 『더욱 친근한 클로델 *Claudel plus intime*』, éd. Gallimard, 1960, 70쪽에서 재인용.

VII

때로는 엠페도클레스의 이미지에 대한 대립 그 너머에서, 모순을 통해서, 엠페도클레스적인 매혹의 길을 발견할 수 있다.

불 속으로 뛰어들고 싶은 유혹은 실현되지 않는다. 우리는 아주 작은 화상 앞에서 벌써 망설인다. 애초부터 너무 뜨거운 것은 피하는 것이다. 이러한 생리적 방어현상이 있기 때문에 우리는 아주 안전하게 엠페도클레스적인 유혹을 즐길 수 있다. 결국 엠페도클레스는 한 번도 희생자를 만들지 않은 아주 희귀한 이미지들이다.

이렇게 엠페도클레스 콤플렉스는 시의 세계에서 맹렬하게 생동할 수 있는 전환된 콤플렉스 안에 나타난다.

실제 삶에서의 감수성과 상상된, 상상하는, 상상의 삶에서의 감수성을 구별하는 이런 뉘앙스를 나의 시론 『불의 정신분석』에서 충분히 지적하지 못한 것 같다. 전환된 엠페도클레스 콤플렉스는 불 앞에서 우리의 몽상을 극적으로 만들고 그것에 과도함을 부여해준다. 우리는 과도한 상상력을 통해 시적인 것의 세계로 들어가고, 시인들을 역동적으로 읽어가는 것이다.

시인들은 우리의 고독 콤플렉스를 되살아나게 한다. 엠페도클레스의 죽음에 관한 시들을 읽을 때, 독자는 시인과 마찬가지로 고독한 영웅이다.

> 사랑이 나를 붙잡지 않는다면, 나는 심연 속으로
> 이 영웅을 따라가고 싶을 것이다.
> Und folgen möcht' ich in die Tiefe,
> Hielte die Liebe mich nicht, dem Helden.[23]

　정신분석학자는 이러한 **고독 콤플렉스**에 거의 관심을 가지지 않거나 이런 흔적과 마주쳐도 그것에 대한 사회적·가족적·가정적 해석을 모색한다. 횔덜린의 시구 두 행이 행여 정신분석학자의 주목을 받는다면, 정신분석학자는 시인에게 이렇게 말할 것이다. "사랑이 너를 붙잡는다. 그러므로 너는 도망가고 싶어한다. 너의 사랑하는 연인은 너를 행복으로 감싸고, 너는 그래서 죽음을 꿈꾼다. 너는 그녀를 깊이 사랑한다. 그러므로 너는, 엠페도클레스적인 너는, 그녀를 조금은 증오해야 하는 것이다. 상반된 불들이 불붙는다." 철학자 엠페도클레스의 가장 큰 교훈은 이처럼 은밀한 결합을, 사랑과 증오의 뿌리깊은 결합을 단언한 것이다. 엠페도클레스는 양면성의 철학의 선구자이다. 그는

---

23) 횔덜린, 『시 *Poèmes*』, 주느비에브 비앙키 역, Aubier, 1943, 156쪽, 157쪽. 이 시의 제목은 '엠페도클레스'이다.

사랑과 증오를 우주의 메커니즘에 새겨놓았다. 그런데 어떻게 이 양면성이 인간의 마음에 없겠는가? 어떻게 그것이 원소의 존재 자체 속에, 불이라는 역동적인 상위원소super-élément 속에 없겠는가? 불은 선하고도 잔인하다. 그것은 정말로 하나의 신이다.

이제 우리는 이미지의 세계로, 이미지의 과도함이 드러내는 역동성 그 자체로 되돌아왔다. 시의 세계로 전환된 엠페도클레스 콤플렉스가 어떤 의미로는 우리 자신을 바꾸어놓은 것이다. 우리의 독서 고독이 우리에게 돌려졌다. 그러므로 우리는 정신 분석학자의 사회화된 앙케트에서 벗어난다. 우리는 하급의 체험vécu subalterne과 상관없이 시학을 체험할 수 있다. 주느비에브 비앙키가 말하듯이, "이러한 순간들이 고갈되지 않는 것이라면 덧없은들 어떠하랴."[24] 엠페도클레스 콤플렉스가 하나의 시로 완성될 때, 그것은 우리에게 형상화된 죽음의, 우주 속에서의 죽음의, 고갈되지 않는 이 순간을 체험하도록 한다.

이러한 경우에 우리는 심리적인 것을 지배하는 시적인 것을 본다. 사람들이 더욱 단호하게 심리적인 것을 제거하고 니체가 "전기의 페스트peste de la biographie"라고 불렀던 것으로부터

---

24) 같은 책, 14쪽.

치유될 테니 그만큼 더 시적인 것의 세계 속에 있을 것이라고 확신할 것이다.

이러한 상상 콤플렉스complexe imaginaire는 여러 작품에 의해, 한 작품에 의해 느슨해지고 누그러진다. 우리는 불의 시학이라는 구체적인 한 분야에서 문학활동에 대한 연구의 중심에 있는 것이다. 니체가 만약 '엠페도클레스'를 쓰는 데 성공했다면 그가 체험한 상상의 삶은 어떤 것이 되었을까?

차라투스트라의 반(反)엠페도클레스적인 분노에조차 엠페도클레스적인 유혹이 나타나 있다. 사람들이 지옥의 불길을 저주할 때 사실은 바로 그것을 경배하는 것이며, 모든 반엠페도클레스적 이미지는 에트나의 운명의 찬란함을 잘 억압하지 못한다. 이 상반된 난폭함은 모두 같은 세계에 속하는 것이다. 니체가 화산에, "차라투스트라의 행복한 섬에서 멀지 않은" 바다에 있는 이 화산에 와서 퍼붓는 욕설을 들어보자.

……너의 심연에서 나와라. 빌어먹을 불아! 나는 소리쳤다. 그리고 네 심연의 척도를 나에게 다오. 네가 토해내는 것은 어디에서 오는 것인가?

너는 바다에서 물을 듬뿍 빨아들이는구나…… 정말로 이 빌어먹을 심연을 위해 너는 너무 많은 양분을 표면에 요구하고 있구나.

나는 네게서 기껏해야 대지의 복화술자만 볼 뿐이다……

복화술자라는 이 단어 하나만으로도 대지의 모든 포효를, 화산의 무시무시한 폭음을 비웃는다. 비웃는 자는 이렇게 유아적 공포에서 해방된다. 빌어먹을 심연을 두려워하는 유아인간들 hommes-enfants의 눈에 그는 인간, 초인간sur-homme이다.

니체는 다시 화산의 모든 악마에게 말한다.

당신들은 노호(怒號)하며 재로 하늘을 어둡게 할 줄 안다. 당신들은 심술맞게 고함치는 자들 중에서 최고이며, 당신들은 진흙 굽는 기술을 썩 잘 배웠다.[25]

이러한 저주들이 우리 시대의 혁명적 선동자들에 반대하는 폭언을 예고한다 해도 바뀌는 것은 아무것도 없다. 만약 작가가 한 사회의 소요와 지하세계의 재앙을 비교한다고 우쭐댄다

---

25) 『차라투스트라』 II의 이 부분 '커다란 사건들' 번역은 A. 키노Quinot의 번역이다. 이 텍스트는 『프리드리히 니체의 신비주의적 대목 *Pages mystiques de Frédéric Nietzche*』에 포함되어 있다. A. 키노가 번역하고 해설이 첨부된 발췌문, Robert Laffont, 1945, 139~140쪽.

면 그는 자신의 시간과 독자의 시간을 낭비하는 것이다. 이미지만이 현실적이며 화산만이 진정한 역동성을 갖는다. 니체의 대목이 보여주는 현실적 삶은 이미지들의 삶 자체이다. 니체는 여기에서 과도한 이미지들에 사로잡혀 격렬한 말을 퍼붓고 있다. 그 말은 집회에서가 아니라 에트나 앞에서 내뱉어지는 성난 말이다. 강하게 말함으로써 허무의 유혹에 '아니'라고 말하는 것이라고 생각하는, 반항하는 엠페도클레스가 상상한 에트나 앞에서 내뱉어지는 성난 말인 것이다.

그러나, 화산에 욕설을 퍼붓는 니체는 화산에 속한다. 또다른 시[d]에서 니체는 불길 같은 자신의 본성을 고백하고 있다.

그래, 나는 내 근원이 무엇인지 알고 있다!
불길처럼 충족되지 않는
나는 타고 소멸된다.
빛은 내가 택하는 모든 것이며,
석탄은 내가 떠나보내는 모든 것이니,

---

d) 『프리드리히 니체의 신비주의적 대목』, 92~93쪽. 이 시는 1881~1882년 겨울에 제네바에서 씌어진 것이며 『즐거운 학문 le Gai Savoir』 '서곡', 62호(éd. Kröner, V, 30쪽) 속에 '이 사람을 보라 Ecce Homo'라는 제목으로 출간되었다. 첫 세 행의 A. 키노의 번역은 수정되었다.

분명, 나는 불길이다.

그러나 단순히 불타오르는 화로의 불길이 아니다. 철학자는 화산의 불길이다.

다 태워버리는 불, 이것이 나의 삶이다. 그리고 그 제물의 성스러운 연기는 희생자보다 더 오래 살 것이다. 저 멀리 바다 위로 그의 향기로운 구름이 날아갈 것이다……[e]

이 시들을 읽고 울림을 받으면서 어떻게 엠페도클레스의 운명이 철학자의 꿈속에 생생히 남아 있었음을 느끼지 않는단 말인가?[f] 가벼운 연기, 바다를 지배하는 향기로운 구름, 이러한 것

---

e)『프리드리히 니체의 신비주의적 대목』, 93쪽. 앞에서 인용된 시와 같은 시기에 씌어진 이 부분(Kr., t. XII, p. 352, fr. 653)은『즐거운 학문』에 수록되지 않았다.

f) G. B.가 키노의 모음집 가운데 1883년에 씌어져 1888년에 '지고의 바람 (Letzter Wille)' (Kr., t. VIII, 412쪽)이라는 제목으로『디오니소스의 격정적 시 가 Dithyrambes de Dionysos』 속에 들어가 출간된 시(151쪽)에 주목하지 않았다는 것은 놀랄 만한 일이다. 그 시에서는 니체의 요약하는 재능이 디오니소스-엠페도클레스의 본질을 마지막 행에 '승리하는, 파괴하는 siegend, vernichtend' 이라는 두 단어로 응축하고 있다. 키노의 책을 읽는 것이 잠시 중단되었고 결국에는 다시 시도되지 않았던 것 같다. 사실, 그가 주의 깊게 독서했다는 것은 144쪽까지 수많은 난외 십자가 표시가 증명해준다. 그 다음 나머지

이 완성된 엠페도클레스이다. 니체는 우리에게 일화를 이야기
해준 것이 아니다. 그는 자신의 중요한 이미지들 안에 모든 것
을 넣었다. 이미지면 충분하다. 그것은 거대하기 때문이다. 이
미지는 인간을 세계의 크기로 확대시킨다. 불의 시학에는 이야
기가 필요 없다. 이야기는 단지 목걸이 줄에 불과하다. 우리가

페이지들은 잘려 있지 않다.

우리는 A.키노의 번역으로 니체의 이 시 전체를 다시 적어보겠다.

> 내가 그가 죽는 것을 본 것처럼
>
> 죽는다는 것—
>
> 신적인 시선과 빛으로
>
> 내 젊음의 어둠을 밝혀준
>
> 쾌활하고 깊이 있는 친구
>
> 무용가의 전투에서—
>
> 전사들 가운데 가장 민첩하고
>
> 정복자들 가운데 가장 까다롭고
>
> 운명, 그의 운명 위에 우뚝 선
>
> 견고하고, 사려 깊고 미래를 향해 돌아 있는—
>
> 정복하느라 떨면서
>
> 죽으면서 정복하는 것을 기뻐하면서—
>
> 자신의 죽음으로 칙령을 만들면서
>
> 파괴의 칙령을……
>
> 내가 그가 죽는 것을 본 것처럼
>
> 죽는다는 것
>
> 승리자, 파괴자……
>
> —「지고의 바람」

보석 한 알 한 알마다 불의 경이로움에 사로잡히면 이야기에는 거의 신경 쓰지 않게 된다.

VIII

때로는, 타오르기 시작하는 불은 육체 안에서 이미 활활 타오르는 불이다. 인간은 살아 있는 장작더미이다. 르네 샤르René Char는 위대한 책『기초와 정상에 관한 연구』첫 페이지에서 태어날 때부터 가지고 있는 장작더미에 대한 열정, 내밀한 엠페도클레스적 이미지를 향한 열정에 대해 말하고 있다. 사람들은 불태워질 수 있다. "사람과 대등한 불에 의해 산 채로 불태워질 수 있다"[26]고 시는 말한다.

이러한 엠페도클레스는 최종 도약 이전에 불탄다. 불타고 싶은 꿈이 너무나 장엄하여 철학자는 자신을 화산에 바치며 화산을 도우러 올 것이다. 이렇게 생각해야 한다. "내가 불길 속으로 뛰어든다면 나 자신의 열정이 화로를 자극할 것이다. 우리는

---

26) 르네 샤르,『기초와 정상에 관한 연구 *Recherche de la Base et du Sommet*』, 뒤에 '가난과 특권 *Pauvreté et Privilège*' éd. Gallimard(알베르 카뮈 기획, '희망Espoir' 총서), 제2판, 권두 페이지.

둘이 함께 불탈 것이며, 불의 찬란한 삶 속에 함께 있게 될 것이다." 방화자와 화재가 하나가 되는 것이다. 정선된 연료인 철학자는 세상의 속된 불을 정화시키고 불에 가치를 부여한다. 그러나 이미 불의 이미지들이 이 정화 기능을 촉진시킨다. 모든 시인과 몽상가는 다시 산 속 불을 쑤셔 타오르게 한다. 그들은 화산을 체험하고 화산에 운명을 부여한다. 엠페도클레스의 내면적 드라마가 에트나의 정상에서 그 절정을 누리지 않았다면, 화산의 시에 뭔가 빠진 것이 되었을 것이다.

자신의 존재 안에서 그 불에 동등한 불과 그 불길을 앞서는 불길을 느끼는 르네 샤르의 기호 아래에서는 내면의 장작더미에 대해서, 갈망하던 장작더미에 대해서, 불로 내면의 불길을 꺼버리기 위해 바라던 장작더미에 대해서 말해야 한다. 바로 그것이 헤라클레스의 장작더미이다. 네소스의 튜닉이 살과 뼈를 태우고 피부가 불에 탄다. 장작더미의 불길에 인간적인 불길을 부여해야 했다. 헤라클레스의 장작더미는 과부들의 장작더미, 하녀들의 장작더미, 과거를 불태우는 장작더미가 아니다. 이미지의 현존이 모든 이야기, 모든 전설, 모든 문화를 물리친다. 헤라클레스의 살을 갉아먹는 네소스의 튜닉은 잊지 못할 이미지가 아닌가? 이 튜닉은 다시 시작되는 회한이며, 다시 타고 여전히 타며 항상 타는 화상인가? 왜 이런 이미지는 사람들이 전설에 대해 빈약하고 희미한 기억을 가지고 있을 때조차도 가치 있는 도덕적 이미지인가? '쓰라린 추억souvenir cuisant'이라는 표현은 단지 분석 없는, 이미지 없는 표현일 뿐이다. 그래도 그것은 이미지를 불러일으키고 이미지들에 의해 살기 시작한다. 모든 인간은 이렇듯 자신의 은밀한 장작더미를 가지고 있다.

　그런데 헤라클레스— '대기의 영광' —가 전 생애에 걸쳐 살아 있는 불이었음을 상기해보자. "태양과 같은 그의 옛 본성은……그의 인간적인 형태 아래에서 은밀히 준비되었다"고 폴드 생 빅토르Paul de Saint-Victor는 적고 있다.[27] 헤라클레스의 모든 난사(難事)는 분노의 난사이며, 자신의 분노를 찬양했고, 자기 존재를 분노의 불로 배양했다. 드 생 빅토르는 계속해서 "마치 그가 부숴버린 괴물들이 그의 존재와 유사해지면서 복수하는 것 같다. 그가 외투로 만들어버린 네메아의 사자, 그의 머리를 감싼 에리만토스 산의 멧돼지 머리 등이 육화하여 그의 내부에서 격분하여 살고 있는 것처럼 보였다"고 적었다. 태양의 존재인 사자는 그의 불로 태양의 영웅에 활력을 준다. 불은 헤라클레스의 탐험의 뿌리에 있는 것이다. 불은 그의 죽음의 존재임이 틀림없다.

---

27) 폴 드 생 빅토르, 『두 개의 가면 Les deux masques』, 1881~1883, t. II, 70쪽.

헤라클레스의 장작더미는 그 분노의 화산의 화재를 마무리지을 뿐이다. 드 생 빅토르의 펜대 아래 화산이라는 단어가 씌어진다. "자기 안에서 들끓는 고통의 화산이 분출한다…… 거기에서부터 벼락을 향해 던지는 호소와 굉장한 욕설이 쏟아져나온다."[28] 벼락이 그의 고통을 끝내도록 하려는 것이다. 드 생 빅토르는 다음과 같이 상기시키고 있다. "태양과 같은 헤라클레스의 신화에서 열두 가지 난사는 창공의 열두 개의 기호다. 그래서 경이로운 이미지, 즉 하늘에 닿을 정도로 커지는 괴물들의 찬란한 황도 12성좌의 이미지가 머릿속에 떠오른다." 그리고 드 생 빅토르는 이렇게 결론짓는다. "곧 제물이 소모될 것이다. 아름답게 빛나는 모습으로 변화한 헤라클레스는 오이타 산의 정상에서부터, 빛나는 소용돌이 속에서, 올림포스를 향해 돌진할 것이며, 완전히 불이 붙은 채로 신들 가운데 앉아 있을 것이다." 분명, 이 모든 이미지는 웅변적이다. 그것들은 아무것도 묘사하지 않는다.[g] 그러나 웅변적 이미지도 불의 영역에서 제자리를 찾아야

---

28) 같은 책, 81쪽.

g) G. B.의 방주 : "헤라클레스의 장작더미는 커다란 불길로 타올라야 한다. 그것은 각각의 티끌에 적절한 연기를 피어오르게 하는 정밀한 파괴일 시간이 없다. 네소스의 튜닉을 갉아먹는 불의 심리학은 좀더 뉘앙스가 있어야 하고 좀더 파헤쳐져야 했다. 그렇지만 나는 잔혹성의 심리학을 전개시키는 데 필요한 철학적 기질을 가지고 있지 않다."

한다. 웅변적 이미지는 아무것도 묘사하지 않지만, 그것은 정신을 상상계까지 끌어올린다.

신화론자의 한 세대가 인간의 운명을 하늘의 사건들과 결합시키기 위해서 작업했다.[h] 영웅의 심리학과 하늘의 우주론 사이에 극단적인 은유 영역이 형성되었다. 우주적 몽상들이, 어떤 의미에서, 전설 속의 인물들로 육화된 것이다. 사람들은 크게 꿈꾸면서 인간을 세계의 크기로 확대했다. 어떤 사전은 세부사항으로 들어가면서, 심리학적 의미에서 신화적 의미로 넘어가도록, 또 그 역으로의 전환을 허용했다. 인간화하는 언어langage humanisant와 우주화하는 언어langage cosmicisant의 변증법 속에서 전설을 분석하면서 인간과 우주를 두 번 이해할 수 있는 것이다. 아니 차라리 그것들을 두 번 상상할 수 있는 것이라고 하는 편이 낫겠다. 헤라클레스의 장작더미는 지는 태양이다……

〔자연스러운 결론을 대신하여 다음과 같이 불에 관한 자료들 속에서 발견된 짧은 주석이 있다.

그것은 우리에게 가스통 바슐라르 작품의 두 '측면'을 알려준다.

---

h) 여기에서는 분명히, 막스 뮐러Max Müller의 개념에 그 기원을 둔 명제들이 겨냥된 것이다.

236

어느 한 '측면'도 다른 한 '측면'에 종속되지 않을 것이다.]

명상가는 이미지를 보여주는 자에게 이렇게 말한다. "그대는 나에게 이 이미지를 보여주면서 무엇을 숨기고 있는가? 보여주는 자는 밝히지 않는다. 증명하는 자는 보여주기를 싫어한다."

이미지가 빛날수록 그 모호성은 더욱 당혹스럽다. 그것은 깊이의 애매함이기 때문이다.

정직한 사람들은 이미지가 피상적이고 덧없기를 바란다. 움직이지 않는 모래 위로 빠르게 흘러가는 물, 그 흐름에 아득한 하늘을 반사하는 물…… 그러나 하늘과 대지는 모두 이미지에 수직성을 부여한다. 상승하는 모든 것은 깊이의 힘을 감추고 있다.

가스통 바슐라르 연보

1884   6월 27일 샹파뉴 지방의 바르 쉬르 오브에서 출생.

1902   고등학교 졸업 후 세잔중학교에서 보조교사로 일함.

1903~1905   퐁 아 무송에서 용기병으로 군복무.

1907~1913   파리 우체국과 전신국에서 일함.

1913~1914   학업을 다시 시작하기 위해 휴직. 전신기술학교의 선발 고사를 준비하던 중, 제1차 세계대전 발발. 징집.

1914~1919   제1차 세계대전 참전. 무공훈장 수상.

1919~1930   고향 바르 쉬르 오브에서 과학교사로 일함.

1922   철학교수 자격시험 합격.

1928   『접근된 인식 *Essai sur la Connaissance Approchée*』 『물리적 문제의 진화 연구 *Etude sur l'Évolution d'un Problème de Physique*』 출간.

1929   『상대성 이론의 귀납적 법칙 *La Valeur Inductive de la Relativité*』 출간.

1930~1940   디종 대학 철학 교수로 재직.

1932   『근대 화학의 균질한 다원론 *Le Pluralisme cohérent de la Chimie Moderne*』 출간.

1934   『새로운 과학정신 *Le Nouvel Esprit Scientifique*』 출간.

1935 『순간의 미학 *L'Intution de l'instant*』 출간.

1936 『지속의 변증법 *La Dialectique de la Durée*』 출간.

1937 『현대 물리학의 공간 경험 *L'Expérience de l'Espace dans la Physique Contemporain*』 출간.

1938 『과학정신의 형성 *La Formation de l'Esprit Scientifique*』 『불의 정신분석 *La Psychanalyse du Feu*』 출간.

1940~1954 소르본 대학에서 역사·과학철학 교수로 재직.

1940 『부정의 철학 *La Philosophie du Non*』『로트레아몽 *Lautréamont*』 출간.

1942 『물과 꿈 *L'Eau et les Rêves*』 출간.

1943 『공기와 꿈 *L'Air et les Songes*』 출간.

1948 『대지 그리고 휴식의 몽상 *La Terre et les Rêveries du Repos*』『대지 그리고 의지의 몽상 *La Terre et les Rêveries de la Volonté*』 출간.

1949 『응용합리주의 *Le Rationalisme Appliqué*』 출간.

1950 『풍경, 알베르 플로콩의 동판화 14점에 대한 노트 *Paysages, Etudes pour quinze burins d'Albert Flocon*』

1951 『현대 물리학의 합리주의적 행동 *L'Activité Rationaliste de la Physique Contemporaine*』 출간. 레지옹 도뇌르 2등 훈장 수훈.

1953 『합리적 유물론 *Le Matérialisme rationnel*』 출간.

1957 『공간의 시학 *La Poetique de l'Espace*』

1959 레지옹 도뇌르 3등 훈장 수훈.

1961 『몽상의 시학La Poetique de la Rêverie』『초의 불꽃La Flamme d'une Chandelle』 출간. 국가문학대상 수상.

1962 파리에서 사망.

* 사후 출간된 바슐라르의 저작

『꿈꿀 권리Le Droit de Rêver』(1970).

『합리주의적 앙가주망L'Engagement Rationaliste』(1972).

『연구집Etudes』(1970).

『불의 시학의 단편들Fragments d'une Poétique du Feu』(1988).

존재를 꿈꾸게 하는 불의 시학

과학철학자이며 시인이자 문학비평가인 가스통 바슐라르는 물리학과 화학을 가르치는 과학 교사로서, 그리고 철학 교수로서의 삶을 살면서 객관적이고 과학적인 인식에 기초한 여러 과학 저서를 썼을 뿐 아니라 '고독'의 몽상 속으로 빠져들어가는 유희를 즐기며 저술한, 상상력에 관한 책들을 남겼다.

문학 상상력에 관한 바슐라르의 연구는 4원소론, 물질적 상상력, 상상력의 역동성, 원형론, 이미지의 현상학 등으로 압축할 수 있는데, 대표적인 저서로는 『불의 정신분석 *La Psychanalyse du Feu*』(1938), 『로트레아몽 *Lautréamont*』(1940), 『물과 꿈 *L'Eau et les Rêves*』(1942), 『공기와 꿈 *L'Air et les Songes*』
(1943), 『대지 그리고 의지의 몽상들 *La Terre et les Rêveries de la Volonté*』(1947), 『대지 그리고 휴식의 몽상들 *La Terre et les Rêveries du Repos*』(1948), 『공간의 시학 *La Poétique de L'Espace*』
(1957), 『몽상의 시학 *La Poétique de la Rêverie*』(1960), 『초의 불꽃 *La Flamme d'une Chandelle*』(1961), 『꿈꿀 권리 *Le Droit de rêver*』(1970) 등이 있다. 문학 상상력에 관한 바슐라르의 저서들은 오래 전부터 국내에 소개되어 있고 또한 그 저서들을 통해 개진되어 있는 바슐라르의 문학적 고찰 전체를 짧은 글로 요약할 수도 없는 일이니, 여기에서는 『불의 시학의 단편들』에 대해서만 간략히 이야기해보기로 하자.

『불의 시학의 단편들』은 제목에서 나타나듯이 『불의 정신분석』과 『초의 불꽃』에서와 마찬가지로 '불'의 이미지를 고찰하고 있는 저서이다. 문학 상상력에 관한 바슐라르의 연구의 처음과 끝이 '불'의 테마로 장식되어 연구 도정이 맞물리면서 발전하고 있는 것은 주목할 만한 일이다.

『불의 정신분석』은 정신분석학적 방법으로 '불'을 연구하며 대상에 대한 주관적 인식의 중요성을 표명하고, 불이 보여주는 콤플렉스를 분석하면서 물질적 상상력에 관한 고찰의 토대를 마련한 저서라고 할 수 있다. 20여 년 후 다시 불의 테마를 집중적으로 고찰하고 있는『초의 불꽃』은 그 동안의 연구 궤적에서 드러나는 좀더 발전된 생각들을 담고 있다. 바슐라르는 위를 향해 타오르는 초의 불꽃을 응시하는 고독한 몽상가의 새로운 몽상 속에서 세계의 아름다움을 표현하는 확대된 언어에 의해 정신현상 자체가 확대되고 고양된다고 말한다. "인간을 수직화시키는 몽상", 즉 "인간을 해방시키는 몽상"을 통해 끊임없이 상승을 꿈꾸는 존재, 상상력과 기억을 융합시키며 위를 향하는 존재의 몽상에 대해 고찰하고 있는 것이다.

『불의 시학의 단편들』은 가스통 바슐라르가 위의 두 저서의 연장선 상에서 구상한 '불의 시학'의 미완성 원고본을 딸 수잔 바슐라르가 편집하여 출간한 책이다. '불의 시학'에서 바슐라르는 우주적인 힘들의 내면화에 주력하면서 우리 존재의 양극에서 체험되는 상반된 불의 이미지, 즉 존재의 자웅동체의 특성을 통합할 수 있는 아니마와 아니무스의 불을 고찰하고자 했다. 그리하여 그는 책의 제1부에서는 아니무스의 불을, 제2부에서는 아니마의 불을 연구하려고 했지만, 여러 가지 삶의 굴곡으로 인해 안타깝게도 원래의 구상을 실현하지 못했다. 수잔 바슐라르가 책머리에서 밝히고 있듯이 가스통 바슐라르의 그칠 줄 모르는 지적 호기심은 구상중이었던 책을 점점 더 방대하게 만들었지만 그의 건강은 점점 악화되었다. 그는 결국 제2부를 포기하고 제1부에 전념한다. 그러나 집필 도중에 피닉스를 중심으로 하는 또다른 책, '피닉스의 시학'을 쓰고자 하는 욕구와 구상이 생겼다. 그래서 '불의 시학' 원고는 미완성인 채로 두고, '피닉스의 시학'을 집필하기 시작한다. 그러나 이 책 역시 완성하지 못하고 바슐라르는 세상을 떠난다. 그런데, '피닉스의 시학'의 원고는 '서론'을 제외하고는 거의 다 사라져버리고 몇몇 독서 노트만 남아 있으므로 아쉽게도 후학들은 그 내용을 접할 기회가 없을 것 같다. 이런 사정으로 수잔 바슐라르는 가스통 바슐라르가 시초에 구상한 책인 '불의 시학' 서론과 '피닉스의 시학' 서론, 그리고 '불의 시학' 제1부에 해당하는 원고들을 분류, 정리, 편집하여 바슐라르 사후 26년이 지난 1988년에 『불의 시학의 단편들』로 출간한 것이다. 수잔 바슐라르가 책머리에서 상세히 밝히고 있듯이 이 책은 집필과정뿐만 아니라 출간과정에서도 어려움이 많았다. 어쨌든, 미완성 원고본 모음이긴 하지만 가스통 바슐라르가 임종 전까지 몰두했던 '불'의 테마에 대한 자료들이 우여곡절 끝에 이렇게 출간된 것은 우리 독자로서는 '행복한' 일이 아닐 수 없다.

　상상계에 존속하는 어떤 동일 체계를 인간의 본성과 관련지

244

어 파악하는 바슐라르는 『몽상의 시학』을 끝마치며 '아니무스'로서의 몽상에 관한 새로운 책을 소개하겠다고 했는데, 서론에서 알 수 있듯이 그 책이 바로 '불의 시학'이다.

우리에게 소개되는 『불의 시학의 단편들』은 서론과 더불어 '피닉스', '프로메테우스', '엠페도클레스' 세 장으로 이루어져 있다. 바슐라르는 여기에서, 고대 전설과 신화를 차용하여 새로운 이미지를 보여주고 시적 이미지를 통한 존재의 상승을 꾀하는 시인들의 작품을 읽어가며 언어의 미학을 구축하고자 한다. 역동적 상상력을 통해 파악되는 문학 이미지는 의미의 속박에서 벗어난 것이다. 과거에 얽매이지 않고, 근거 없으며 자발성을 띤 시적 이미지를 "정신의 고양"으로, "말의 존재의 변신"으로 이해할 때, 우리는 그 시적 이미지와 진정으로 교류하는 것이며, 미학의 세계, 언어미학의 세계로 들어가게 되는 것이다.

새로운 문학 이미지, 즉 이미지의 생성은 우리 존재의 참여로 이루어지는 것이며, 그것은 바로 "표현의 생성인 동시에 우리 존재의 생성이다"(『공간의 시학』, 7쪽). 우리 존재를 '불'과 마찬가지로 "어떤 '상태'에 머물러 있는 것이 아니라 긴장의 다양함 속에서 항상 생동하고 있어서 올라가고 내려가며 빛나거나 어두워"지는 것으로 파악하는 바슐라르는 "불의 솟구침을 포착하"고 불에 참여하면서 존재 자체가 불처럼 용솟음치는 것이라고 이야기한다. 불의 내면화, 즉 우리 안에 그 '울림'이 일어날 때, 우리 "존재의 전환"이 가능하다는 것이다.

그러므로 바슐라르는 불의 이미지의 역동성과 정신현상의 역동성을 동일하게 이해하면서 시적 이미지가 환기시켜주는 존재의 '상승'으로의 참여를 이야기하고 있다. 그에 따르면, 우리 존재를 초월적 존재로 상승시키는 "긍정적 수직성의 역동성", 이것을 가능하게 하는 시적인 말들의 폭발은 생의 도약이며, 이러한 생의 도약은 시 안에서 거듭나고 있다. 그렇기 때문에 우리는 시인들을 읽으면서 새로운 언어 안에서 살 수 있는 것이고 그럼으로써 새로운 이미지, 새로운 몽상으로의 행복한 참여가 계속되는 것이다. 자발성의 원칙에 따르는 상상력을 통해 질료의 절대적 승화가 이루어지고 그에 따라 존재의 상승이 가능한 것이다. 이러한 존재의 상승을 가능하게 하는 시적 언어에 대한 고찰을 통해, 바슐라르는 존재의 깊이로 파고들어가는 정신분석학자와 자신을 차별화한다. 그리고 그는 정신분석학과 현상학의 접목을 통해, 곧 정신분석에 시학적 분석을 첨가해서 하나의 '완전한 언어철학'을 추구한다. 정신분석학자들이 천착한 인간 심리의 '깊이'로 향하기보다는 그들과는 반대로 '높이'로 상승하는 존재의 의지를 고찰하며 '완전한 심리학'을 꿈꾸는 것이다. 『불의 시학의 단편들』에서 바슐라르가 고찰하고 있는 세 가지 신화, 즉 삶과 죽음의 변증법에서 죽음 너머로 재생하는, 시적으로 새롭게 탄생하는 피닉스, 불의 유용성을 넘어 지성주의를 표방하는 프로메테우스의 초인간성, 그것이 나타내주는 절대적 승화, 그리고 불에 뛰어들어 죽음을 선택하는 의지의 행위를 통해 미의 세계 속에서 소멸의 미학을 보여주는 엠페도클레스의 이미지는 '높이'를 향해 나아가고자 하는 존재의 의지를 잘 나타내주고 있다.

인간의 정신현상을 범미주의(汎美主義) 관점에서 이해하고자 한 바슐라르에 따르면, 문학 이미지를 통해 언어를 아름답게 하는 시인들을 읽으면서 새로운 이미지 앞에서 감탄할 수 있고 그 경이로움 속에서 새로운 몽상으로 빠져드는 것은 언어의 미화에 참여하는 것이며 또한 세상의 미화에 참여하는 것이기도 하다. 그러한 맥락에서, 초월적 존재를 향해 나아가는 존재의 의지, 그 의지력에 따른 적극적이며 능동적인 상상력을 통해 언어의 미학을 구축해보려고 시도하는 바슐라르의 『불의 시학의 단편들』은 우주의 차원으로 상승하는 높이에 대한 몽상으로 우리를 안내하며 세상을 아름답게 하는 데 참여하라고 유혹한다. 철학자–시인의 몽상의 충동을 받은 우리 독자는 이제 '멋진 책읽기'를 통해 새로운 언어와 행복하게 만나고 시적 이미지 덕분에

'깊이'로 향할 뿐 아니라 '높이'로 치닫는 새로운 몽상으로 빠져들 수 있을 것이다. 그리고 그 몽상 속에서 초월적 자아가 다다르고자 하는 저 높은 어느 곳을 갈망하며 세상의 아름다움을 꿈꿀 수 있을 것이다.

안보옥

찾아보기

옮긴이 **안보옥**

가톨릭대(옛 성심여대) 불문과 졸업. 프랑스 파리 3대학에서 문학석사 학위를 받았
고, 「장 지오노의 작품 속에 나타난 공간」으로 문학박사 학위를 받았다. 현재 가톨릭
대학교 프랑스어문화학과 교수로 재직중이다.

불의 시학의 단편들

1판 1쇄 │ 2004년 3월 20일
1판 2쇄 │ 2018년 9월 5일

지 은 이 │ 가스통 바슐라르
옮 긴 이 │ 안보옥
펴 낸 이 │ 염현숙
책임편집 │ 최정수 조연주 황문정 김지연
펴 낸 곳 │ (주)문학동네
출판등록 │ 1993년 10월 22일 제406-2003-045호

주   소 │ 10881 경기도 파주시 회동길 210
전자우편 │ editor@munhak.com
전화번호 │ 031)955-8888
팩   스 │ 031)955-8855

ISBN 89-8281-800-6 03860

＊ 잘못된 책은 바꿔드립니다.

www.munhak.com